D1728315

Petra Nagel

Kaputt...

Liebe, Alltag und
andere Katastrophen

Kolumnen

Impressum

ISBN: 978-3-947427-98-7
1. Auflage August 2019

Copyright:
Petra Nagel
Verlag Foto Kreativ Kassel
Friedrich-Ebert-Straße 109
34119 Kassel
www.petra-nagel.de
petnagel@aol.com

Texte: Petra Nagel

Alle Fotos: Jörg Lantelmé

Gestaltung: Olgierd Hierasimowicz

Ähnlichkeiten mit real existierenden
Menschen oder Tieren sind rein zufällig.

Die Autorin
Petra Nagel, Jahrgang 1961, ist Journalistin, Moderatorin und Autorin und lebt in Kassel. Sie wuchs in Südniedersachsen auf, studierte in Göttingen Germanistik, absolvierte in Ostwestfalen ein Zeitungsvolontariat, und arbeitet als Journalistin für verschiedene Medien.

Das Marmeladenbrot
fällt immer auf die falsche
Seite. Trotzdem bleibt es
ein Marmeladenbrot.

Inhaltsverzeichnis

- Rollender Wüsten-Sarkophag
- Qualen nach Zahlen
- Verschnupfte Zugfahrt
- Benglisch – das Bahn-Englisch
- 100 Minuten bezahlte Verspätung
- Fatal digital
- Zuglee(h)re
- Mach mal Pause

4. Mann i(s)st anders
- Schmeckt´s?
- Schöne neue Welt
- Zum Anbeißen geboren
- Trost-Essen
- Keks ist nicht gleich Keks
- Einmal Torte ohne Worte
- Auswahl ist Qual

5. Paare pari
- Das Schmutz-Gen
- Blumen-Amnesie
- Abhörskandal
- Alt und gar nicht weise
- Mit ohne Löffel...
- Von merkwürdigen Zweibeinern

1. Große Frauen, großer Auftritt

Große Mathematik

Mathematik liegt mir nicht. Das Problem liegt bei mir in der Fläche. Die ich nicht exakt berechnen kann, die aber irgendetwas zwischen 1,84 Meter mal Gewicht durch Haarlänge plus Knochendichte sein muss.
Je mehr Fläche, desto mehr fällt Fläche auf.
Das zumindest ist doch logisch. So versuchen Sie mal, als große Frau in einem schlecht sitzenden Kostüm, einen großen Raum zu durchqueren. Vorbei an fünfzig starrenden Männern und fünfzig kritischen Geschlechtsgenossinnen. So groß und emanzipiert kann das Selbstbewusstsein gar nicht sein, dass man keinen Schaden nimmt.
Denn man fällt automatisch immer auf. Jede Naht, jeder Fussel, jede Farbverirrung kommt auf großer Fläche gut zur Geltung. Man denke an Litfaß-Säulen und Plakatwerbung. Je größer, desto besser. Desto mehr Einzelheiten werden sichtbar.
Es ist genau zu erkennen, wo der Rockbund spannt, die Schuhe schmutzig sind und die Hunde-Haare am Revers hängen. Eine große Frau, ist selbst für Kurzsichtige gut auszuspähen. Da ist nichts mehr mit Mogeln und Vorbeimogeln. Das geht schlicht nicht. Die Mathematik ist dagegen.

Eine große Frau kann nicht vorbeihuschen oder durch ihr Lächeln ablenken. Das sehen die meisten nämlich erst gar nicht – zu weit oben...

Was der Litfaß-Säule die Werbefläche bietet die große Frau im schlechtesten Fall als Angriffsfläche. Es sei denn, sie ist ein Model. Dann wird die Mathematik außer Kraft gesetzt.

Der Charme der Fliehkraft

Ich bin auf dem Land groß geworden. In einem Dorf im Weserbergland, in dem die Bushaltestelle eine wichtige Kontaktbörse war und ein Besuch im Dorfladen zu den Höhepunkten der Woche zählte. Die einzige Diskothek gab es in der Kreisstadt. In die fuhr der letzte Bus samstags um 18.30 Uhr. Zurück fuhr gar kein Bus.

Also hieß es Freunde mit Auto haben oder beim Vater solange quengeln, bis er die Tagesschau ausfallen ließ, um das Töchterchen zu fahren. Nur vor diesem Hintergrund ist es verständlich, dass kein Dorf-Pubertierender die Tanzschule schwänzte. Das war „große weite Welt".

Nach der Konfirmation musste es sein. Tanzstunde bedeutete Abenteuer und Abwechslung. Ich meldete mich an, zusammen mit dem gesamten hoffnungsvollen Nachwuchs des Dorfes.

Der Tanzsaal war groß und ungemütlich, in einem alten Haus an der Weser. Kichernd und aufgeregt gackerten wir Mädchen uns dorthin. Die Tanzlehrer waren Schlimmes gewohnt. Sie hatten diesen waidwunden Blick, ahnend, dass nicht Federn schweben, sondern Geflügel übers Parkett scharren würde.

Wir Dorf-Mädels träumten unsere Ballträume. Doch das Träumen hatte sich schnell erledigt, als ich die Jungs sah. Uns gegenüber, aufgereiht wie die Gockel. Und schon passierte das Peinlichste, was überhaupt passieren konnte: Die jungen Männer wurden aufgefordert, sich eine Partnerin auszuwählen. Und es passierte, ich ahnte es: Ich blieb bis zum Schluss sitzen...

Ich unterschied mich in nichts von den Dorf-Elfen, nur in einem Punkt: ich war zu groß. 1,84 Meter mit vierzehn Jahren – da konnten die Jungen nicht mithalten.

Ich blickte schweißgebadet in die Runde. Die ersten schlitterten unsicher übers Parkett. Das Tanzlehrer-Ehepaar versuchte sich in aufmunternden Sprüchen. Und auf mich walzte der einzige dicke Junge des Kurses zu.

Mit ihm sollte ich nun lustig übers Parkett federn. Doch ich hatte die Rechnung ohne die Runden mit Partnerwechsel gemacht. War ich dem Dicken entronnen, versuchte ein kleiner Zwerg mich zu drehen oder zu halten – und es ging immer schief.

„Der Herr führt", schnarrte das alerte, braungebrannte Tanzlehrer-Ehepaar, und ich ergab mich ergeben in mein Schicksal. Kroch in gebückter Haltung unter schweißnassen Jungen-Achseln durch, versuchte mich bucklig möglichst elegant zu drehen, schaute milde lächelnd auf exakte Scheitel und Schuppen und wünschte mich zu Giraffen und Dinosauriern.

Nur weg, weit weg. Bei jedem Partnerwechsel sah ich in den Augen der Jungen eine ähnliche Qual, wenn sie ihren Führungsanspruch verteidigen sollten, sich der Fliehkraft widersetzten und sich wie tanzende Männer benehmen sollten.

Die Physik sprach dagegen, zumal ich mich auf sehr flachen Schuhen drehte – die schönen, hohen Tanzschuhe waren natürlich tabu. Also schlich ich freudlos einmal in der Woche in die Tanzschule, und niemand erhörte mein Flehen. Der Kurs war bezahlt, er musste abgetanzt werden.

So lag meine Hand immer auf den zarten, männlichen Schulterblättern. Ich riss die kleinen Herren bei jeder wilden Drehung mit, und ich konnte keine Beziehung zu meinem dicken Tanzpartner entwickeln.

Meine Tanz-Karriere endete unspektakulär und freudlos. Erst in der Disco gewann ich neue Freiheiten.

Jahrzehnte später entschloss ich mich wieder zu einem Tanzkurs, diesmal mit einem großen Mann an meiner Seite. Ich konnte hohe Schuhe tragen und musste mich nicht bis zur Wirbelsäulenverkrümmung bücken...

Allerdings war ich ganz schnell wieder vierzehn, als die Tanzlehrer plötzlich Partnerwechsel verkündeten. Die Scheitel, auf die ich nun schaute, glänzten nicht mehr blond und dicht, eher schütter und grau, die Fliehkraft funktionierte immer noch nicht...

Die Koffer-Kuli

Mir ist völlig klar, dass es mich treffen wird. Ich weiss es. Die kleine, zarte Frau ist gerade mit einem leuchtendroten mutierten Riesenkoffer der Marke „ich bin weltreisend, angesagt und flexibel" an meinem Abteil vorbeigegangen. Noch sitze ich allein im Sechserabteil. Der Zug ist relativ voll. Gerade will ich entspannt ausatmen, der Zug rollt an, da geht die Tür auf, sie kommt mit dem Kofferriesen zurück. Freundlich lächelnd wünschen wir uns einen Guten Tag, da kommt er der Satz: „Wären Sie so freundlich, mir den Koffer ins Gepäcknetz…"

Es passiert immer. Es gibt keine Ausnahme. Ich bin groß, alle Welt glaubt, ich könne Steine schleppen und 30 Kilo kopfüber nach oben wuchten. Wahrscheinlich denkt die halbe Menschheit, dass ich nur deshalb Zug fahre. Um unfähigen Kofferpackern die Arbeit abzunehmen.

Folglich lächelt die Zwergen-Frau zierlich geziert. Nun würde es sich zeigen, ob meine Eigentherapie der vergangenen Bahnfahrer-Jahre etwas gebracht hat. Ich fühle mich wie Goliath, der David von der Klippe stößt: „Tut mir leid, ich habe eine kaputte Schulter, das kann ich nicht heben."

Entspricht absolut der Wahrheit, trotzdem habe ich Herzrasen. „Und ich habe Rücken", zwitschert das Weiblein und reißt am schicken Koffer. Sie kann ihn mal gerade ins Abteil schieben. Mehr lassen die innenliegenden Steine offenbar nicht zu. Sie setzt sich. Der Koffer steht wie ein Fels in der Brandung. Kein blonder Recke ohne Rückenschaden in Sicht. Der Koffer steht zwischen uns. „Warum nehmen

Sie denn so viel mit, wenn Sie es nicht tragen können?",
frage ich. „Aber, was soll ich denn sonst machen", kommt
die Antwort. Emanzipation geht anders...

Mit Unterbrechungen

Die Verkäuferin rennt umtriebig hin und her. „Da hätten wir noch einen ganz wunderbaren Blazer für Sie. Bei Ihrer Länge...", klingt es einschmeichelnd. Und ich probiere begeistert an.

Habe ich doch einen Samstag erwischt, bei dem mir fast alles passt, was ich anziehe. Diese Tage gibt es, Frau muss sie nutzen.

Verzückt blicke ich auf Berge von Hosen, Strickkleidern und Jacken, die sich in meiner Kabine stapeln. Ein besonders schönes Strickkleid streife ich über. Die Verkäuferin kommt mit einem Arm voll neuer Sachen zurück. Sie zupft an mir rum und befindet: „Bei Ihrer Figur arbeiten wir am besten mit Unterbrechungen..."

Ich arbeite ganz gern mit Unterbrechungen. Aber, was hat das mit meiner Figur zu tun? Plötzlich habe ich einen schweren Ledergürtel um die Taille hängen. „Mit Unterbrechung sieht das Strickkleid richtig gut aus", flötet die Verkäuferin. Ich unterbreche meine Gedanken und kaufe.

Einige Tage später stehe ich in einem Geschäft für Second-Hand-Kleidung. Die Verkäuferin hat mir schon mitgeteilt, ich sei fehl am Platze. „Nur kleine Größen." Bevor ich mich empören kann, wendet sie sich einer stattlichen, kleineren Dame zu. Die hält zwei Pullover in der Hand. „Nehmen Sie den Pullover mit V-Ausschnitt, der teilt die Fläche", wird ihr rüde geraten. Ich verlasse das Geschäft fluchtartig, und frage mich, wo diese Verkäuferinnen-Schule ist, die so charmante Fachkräfte ausbildet?

Von Klamotten habe ich die Nase voll. Ich wage mich in ein

Schuh-Geschäft. Es ist Sommer. Mir werden Flipflops angepriesen. Ich beteuere, dass ich darin nicht laufen kann. Aber neben mir wird eine Frau fündig: Sie probiert Flipflops an, und die Verkaufsdame gibt alles: „Nehmen Sie die! Zeigen Sie Zehen, die sind das Dekolleté der Füße!" Was sonst?

Jackenjammer

Ich sehe die Jacke aus dem Augenwinkel. Im Vorbeigehen. Es ist ein Bauchgefühl. Es ist warm. Ich habe Mittagspause. Schlendere durch ein Geschäft, durch das ich mittags immer laufe. In meinem Kopf läuft ein kleines Hörspiel: „Jacke, warm, Winter, Bahnhof, Kapuze, billiger, haben." „Kann ich die mal anprobieren", höre ich mich wie in Trance zur Verkäuferin sagen. Freudig schleppt sie das Teil herbei. Um mich herum wird gekauft wie verrückt. Es sind die Jacken vom Vorjahr. Viel günstiger, als die aktuellen Teile. Was soll ich sagen: „Passt, nehme ich." „Eine wirklich tolle Jacke", lobt die Verkäuferin. Eine andere Frau stürzt auf mich zu: „Darf ich die Jacke nochmal anziehen?" Verwirrt lasse ich es zu.

Sie zieht sie an, zieht sie aus, gibt sie mir bedauernd. An der Kasse steht eine weitere Frau neben mir und starrt böse. „Die wollte ich auch", sagt sie. „Die Dame hat sie eher genommen. Lassen Sie sie bezahlen, sie hat nur Mittagspause", warnt die Verkäuferin. „Mittagspause", bläht sich die jackenlose Kundin neben mir auf.

„In der Mittagspause kaufen sie Winterjacken??????" Sie starrt mich an, als ob ich gerade den Sommer ermordet hätte. Ja. Solange es die Jackenpolizei nicht verbietet...

Dicke Backen...

Es soll ein Kleid sein. Ein Geschäft am Bahnhof, das ich schon lange kenne, zieht mich magisch an.

Mal ein schönes Kleid, denke ich. Nicht selbstgenäht, selbstgekauft. Und siehe da, die neuen Herbstfarben: Sattes Grün, sattes Rot, sattes Lila... Ich ziehe ein lila Kleid mit silbernem Blumenmuster vom Ständer. „Das ist zu kurz!", bellt mich eine Verkäuferin an. Das befürchte ich zwar auch, aber so nicht. Wenigstens anprobieren, denke ich.

Unter ihren missbilligenden Blicken trage ich das Kleid in die Kabine. Es passt wunderbar. Tolle Farbe, bis kurz vorm Knie. Zu kurz!!! Ich will mich trotzdem anschauen.

„Zu kurz, allerhöchstens mit blickdichten schwarzen Strümpfen", fegt der kurzhaarige Besen an mir vorbei. „Wieso blickdicht? Ist was mit meinen Beinen?" Langsam werde ich echt sauer. Sie schaut unsicher und verkriecht sich.

Ich bewundere den schönen Stoff und verabschiede mich vom lila Kleid. Stattdessen kaufe ich eine enge Jeans. Stehe an der Kasse. Eine nette große Verkäuferin packt mir die Hose ein. „Mist", sind wir uns einig. Der blonde Kurzhaarbesen fegt herbei: „Schöne Hose." „Ja", nickt die nette Kollegin. „Kannst Du aber nicht tragen, zu dicke Waden", bellt Kurzhaar und verschwindet. Sprachlos stehe ich da. „Bei den Waden habe ich zweimal hier geschrien", entschuldigt sich die nette Große vor mir.

Ich bin am Ende. „Wieso das denn? Sie sehen doch toll aus, da haben die Hersteller ein Problem oder ihre Kollegin", sage ich. Ich bin ja einiges gewohnt, aber heute habe ich die Nase voll. Blickdichte Strümpfe und dicke Waden – ist das „Große Frauen Mobbing?" „Ich glaube", sage ich laut, „Ihre Kollegin hat echt ein Problem. Sie hat zu laut hier geschrien, als es um dicke Backen und große Klappe ging..."

2. Alltag ist immer

Im Wartezimmer wird gewartet

Das Wartezimmer ist voll. Es riecht nach nassen Jacken und schlechter Laune. Die Stühle in dem viereckigen Raum sind immer zu dritt an der Wand entlang geordnet. Orange Sitzbezüge in weißen Plastik-Schalen. Wie aufgeplatzte Eier sehen sie aus. In der Mitte ein kleiner weißer Tisch mit zahlreichen Zeitschriften. Vorne rechts eine weiße Pin-Wand, behängt mit den neuesten Kosten und Verordnungen. „Ohne Krankenschein keine Behandlung!" steht da in großen roten Lettern und: „Termine müssen eingehalten werden!" Ich setze mich vorsichtig auf einen der zwei freien Stühle. Zahlreiche Augenpaare mustern mich. So vermeintlich verstohlen. Und zwei haben, glaube ich, gebetet, dass ich mich nicht neben sie setze. Denn das Wartezimmer beherbergt eine verschworene Gemeinschaft.

Wer einmal drin ist, der hat Rechte. Der legt seine Jacke auf den freien Stuhl links neben sich, oder die Krücke, oder er streckt die Beine aus. In jedem Fall will er nicht gestört werden. Jeder Neue klaut Zeit, Rat und die Aufmerksamkeit von Herrn Doktor und den Sprechstundenhilfen. Das möchte der alteingesessene Patient nicht. Ich überlege gerade, ob ich so eine alte Zeitschrift eigentlich anfassen soll. Kein Mensch hat wahrscheinlich je errechnet, wie viele Wartezimmer-Bakterien daran im Laufe der Jahre hängen bleiben, da geht ein Ruck durchs Zimmer: „Frau Friese-Dertig, bitte in die Eins", gebietet die Sprechstunden-Hilfe. Frau Friese-Dertig springt triumphierend auf. Sie hat es geschafft. Ist den Weihen der hehren Medizin ganz nah. In der Eins kann sie solo warten, höchstens noch eine halbe Stunde, bevor Hilfe naht.

Vor Aufregung schmeißt sie die Zeitung neben den Tisch, bunte Blätter mit nackten Paaren ergötzen die Mitwartenden und die Sprechstundenhilfe scharrt ungeduldig mit den Füßen. Frau Friese-Dertig wirft noch einen Stuhl neben sich um, wird hochrot und droht dem Kollaps anheim zu fallen.

Sie hat mit einer Regel gebrochen, die so unumstößlich ist, wie gelb-weiße Eier-Stühle in Wartezimmern: Sie hat Krach gemacht. Das stört nun doch die Warte-Gemeinschaft erheblich. Der nervöse Husten des jungen Mannes mit der Schuppenflechte am Hals nimmt bedeutend zu, und anklagend schnupft eine ältere Dame mit Hut ihre Grippe in ein Stoff-Taschentuch.

Schon naht wieder drohendes Unheil: Ein Neuer stört die Wartenden mit einem fröhlichen „Guten Morgen", laut und deutlich! Mittlerweile flüstert ein älteres Ehepaar über einer Boulevard-Zeitschrift und erklärt sich fast lautlos Prinzen und Prinzessinnen und deren Verhältnisse. Das Paar ist wettergegerbt, braungebrannt und von jeweils strengem Gesichtsausdruck über der Gleitsichtbrille. Meine Nerven liegen blank. Lautlos versuche ich, ein Bonbon aus meiner Tasche zu fischen. Es gelingt, doch das Knistern des Papiers fördert umliegendes Stirnrunzeln.

Und plötzlich wird mir klar: Eine Sprechstundenhilfe darf sprechen, deshalb heißt sie so. in einem Sprechzimmer darf man auch sprechen, sagt der Zimmer-Name. Ein Wartezimmer aber ist allenfalls ein Flüsterzimmer. Da es ja nicht Sprechzimmer heißt.

Von Ausweichern und Aufeinanderzugehern

Mir ist es wieder passiert. Schwupp, ich bin nach links ausgewichen. Fast in die Straßenbahn gerannt, die ihr hämisches Klingeln hören lässt. Mit Herzrasen und Schweiß auf der Stirn bedarf es einer Situationsanalyse. Wieso bin ich eigentlich ausgewichen? Es ist doch genügend Platz auf diesem Gehsteig gewesen. Rechts und links schlendern ganz gemütlich die einkaufenden Menschen.
Ich so mittendrin. Und schon naht das Unheil in Form eines älteren Herrn mit sturem Blick nach vorn. Bepackt mit Einkaufstüten ist er auf dem Weg zur Straßenbahnhaltestelle. Ich, wie immer bepackt mit meiner Umhängetasche, will einfach nur weiterbummeln.
Wie aufgezogen bricht sich der Weißhaarige seine Bahn. Ich sehe das Unheil schon kommen. Wenn ich nicht ausweiche, gibt es einen Zusammenstoß... Kaum gedacht, bin ich auch schon zur Seite gesprungen. Der Rest der Geschichte ist Geschichte. Noch hoffe ich auf ein höfliches „Entschuldigung" und ein Lächeln, da ist mein Straßen-Rambo schon in der Straßenbahn verschwunden. Wahrscheinlich im Bewusstsein seiner immensen Verdrängungs-Möglichkeiten und seiner Vorfahrt. Die Frage ist bloß: Warum weiche ich aus und er nicht?
Immer wieder passiert es mir genauso. Ich gehöre zur Spezies der Ausweicher. Der Vorausahner, die den Weg frei machen. Den Weg frei für die Geradeausgeher. Die „EsistmeinRechthierlangzulaufenWeitergeher". Die sich ein-

fach nicht davon stören lassen, dass es auch noch andere Menschen auf der Welt gibt. Morgens wird schon beim Aufstehen ein Chip in ihr Hirn implantiert, der ihnen sagt „Ausweichen ist Schwäche. Du musst es wenigstens auf der Straße schaffen, Recht zu behalten – schließlich zahlst Du Steuern."

Die Weitergeher und Nicht-Ausweicher lassen auch gern im letzten Moment die Glastüren in großen Kaufhäusern zufallen. Gerade wenn man lächeln möchte, um sich fürs Aufhaltern zu bedanken. Schmallippig und konsequent sind sie unterwegs. Rempeln an, ohne sich umzudrehen oder rot zu werden.

Nehmen den Zucker vom Nachbartisch ohne zu fragen, ob er noch benötigt wird. Fahren in Parkplätze, die man selbst gerade mühselig ansteuert.

Noch habe ich das schrille Straßenbahn-Klingeln im Kopf und beschließe gerade, endlich nicht mehr auszuweichen. Da schallt mir ein fröhliches „Entschuldigung" entgegen und mir wird der Weg freigemacht. Einer aus dem Club der Ausweicher, ein Gleichgesinnter.

Die Welt kann freundlich sein.

Buchstabensuppe

Kassel hat sechs Buchstaben. Ich finde das sehr sympathisch. Schließlich zähle ich beim Lesen alle Buchstaben. „Buchstaben" haben zehn Buchstaben, und wenn Sie das lesen, lesen sie beim Lesen fünf Buchstaben. Auch nicht schlecht.

Aber, so eine runde Sechs wie Kassel, da kann man wohnen. Sechs Buchstaben hat auch der kleine Ort, in dem meine Eltern wohnen. Das passt. Es ist noch gar nicht so lange her, da wurde mir klar, dass nicht alle Menschen Buchstaben zählen. Ich bin ein Buchstaben-Fresser. Vielleicht ist das ja genetisch festgelegt. Auf jeden Fall ist es praktisch. Sollte ich arbeitslos werden, tingele ich einfach durch Talkshows und Quiz-Sendungen und hoffe darauf, meine Zahlen-Fähigkeiten einsetzen zu können.

Da könnte ich dann dem Moderator sagen, dass sein fünfstelliger Name für mich nicht ganz so gut klingt, in Kombination mit dem Vornamen kommen wir allerdings auf eine schöne Zwölf.

Das geht. Das geht hat sieben Buchstaben und ist deshalb ein Begriff, den ich nicht oft verwende. Die Sieben ist mir zu kalt, im Gegensatz zur Acht. Eine schöne runde Zahl, geeignet für alle Arten von Nachnamen oder Orten, Hannover, beispielsweise. Da bin ich geboren, und mit den acht Buchstaben bin ich absolut einverstanden. Klingt Vertrauen erweckend, ebenso wie die Drei. Die habe ich als Kind immer wie eine Möwe gemalt. Eine Möwe mit großen Schwingen, die meine Lehrer zur Verzweiflung trieb.

Ich konnte es einfach nicht einsehen, wieso die Drei nicht

fliegen darf. Sie sollte es dürfen, so eine schöne, runde Zahl.

Die Zahl an sich hat übrigens vier Buchstaben, eine gute Sache, finden sie nicht? Vor allen Dingen wenn man bedenkt, dass der Nachname meiner Mathe-Lehrerin sieben fiese Buchstaben hatte und ich eine Fünf.

Die Sache mit den Bonus-Karten

„Haben Sie eine Kunden-Karte?" Beschämt schlage ich die Lider nieder und flüstere: „Nein". „Möchten Sie eine?" Mein Punktverlust weitet sich aus: „Nein!" Die Menschen in der Schlange hinter mir wissen nicht, ob sie froh sein sollen, weil jetzt kein Ausfüll-Theater folgt, oder ob sie mich bedauern sollen. Denn ich bin ziemlich nachlässig: Könnte doch bei jedem dritten Einkauf über 1,51 Euro, mittwochs bei Vollmond, 3 Prozent sparen! Wer lässt sich denn so etwas entgehen?

Habe ich zu viel Geld? Nein, aber zu viele Karten-Angebote. Die Payback-Card, die Kunden-Karte, die Coffee-Shop-Karte – nach jedem zehnten Kaffee gibt es ein Lächeln und einen Espresso umsonst. Aber nur donnerstags, ab 18 Uhr...

Ich mag nicht. ich fühle mich eingekreist von Karten und supertollen Angeboten. Noch ein Studium, um mir das alles zu merken? Ich habe es mir überlegt, wir könnten in Kassel ja den Super-Schnäppchen-Studiengang auf Lehramt einführen, aber habe ich die Zeit? Ich bin froh, wenn ich die Nummer meiner EC-Karte nicht vergesse, wenn ich meine Handy-Nummer auswendig kann, weiß, was ein Super-Pin ist und ein Radio-Code im Auto. Zeitweilig habe ich schon Geburtstage vergessen, weil ich gebetsmühlenartig Zahlen-Kombinationen vor mich hin sagte, mit denen meine Hartschalen-Koffer aufgehen sollten. Fragen Sie mich nicht, ich glaube, einige Geburtstage sind in den

Kofferschlossern verewigt. Koffer gibt es ja wie Sand am Meer, man mag ja nicht mit der Brechstange, wenn man mal etwas vergessen hat...

Eigentlich bin ich gar kein vergesslicher Mensch. Aber die Zahlenflut überrollt mich. Meine Steuernummer soll ich kennen, und meine Kontonummer auswendig zu können, wäre hilfreich.

Noch schlimmer die Geschichte mit den Unterhosen. Als ich die einst für meinen Mann kaufen wollte, fragte die Verkäuferin nach der Größe. Ich lief knallrot an, wollte verwirrt antworten, da rief eine andere: „Sieben mit Eingriff trägt Er..." Das ist lange her, peinlich genug.

Aber wie peinlich ist es, wenn das Handy die Geheimzahl nicht adoptiert. Beim dritten Mal ist Schluss. Auch mit der EC-Karte. Schwupp, wird sie vom freundlichen Automaten gefressen.

Ich verzage ob dieser dramatischen Geschichten, schließlich muss ich mir die Kanäle am Fernseher schon merken und die Radio-Frequenzen. Wie soll ich da mit Kunden-Karten klarkommen?

Die Apotheken-Karte gilt nichts im Coffee-Shop, die Aral-Punkte kleben unter meinen Gummimatten im Auto und immer hat einer gefehlt zum ganz großen Glück eines geschenkten Schirms oder bunten Balls... „Nein", sage ich selbstbewusst, „ich zahle bar und ohne Karte." Eigentlich eine Übung, die Therapeuten ins Programm aufnehmen sollten.

Weglaufen vorm Einkaufen

Ich kaufe nicht gern ein. Ich meine, so richtig Einkaufen. Lebensmittel in allen Variationen. Schwere Taschen schleppen, Einkaufszettel abarbeiten. Das ist nicht unbedingt meine größte Freude.

Gehetzt zwischen den Reihen mit Lebensmitteln durch. Und immer wieder entscheiden, welche Milch und welches Sauerkraut, welche Nudeln, Marke oder Preis, was ist es heute? Ich mag das nicht.

Erstaunlicherweise kaufen, das ist meine Erfahrung, Männer sehr gern ein. Begeistert fahren sie samstags los, um die Keule zu schwingen, und Löwen- und Tigerfleisch in die eigene Hütte zu transportieren. Im Bewusstsein, der Familie etwas Gutes zu tun, hamstern sie Joghurts und Dosensuppen in Massen. Und in Großpackungen. Schleppen und Tragen ist nicht ihr Problem, der volle Einkaufskorb signalisiert: ich hab's geschafft, mein Überleben ist gesichert.

Männer lächeln sehr oft beim Einkaufen, Frauen schauen oft gestresst und denken ans Auspacken und Einräumen. Dass der Kühlschrank nicht zugehen könnte mit all den Sachen – kein Männerproblem. Das Gute an den Herren der Schöpfung ist, sie entscheiden schnell. An der Käse- und Wursttheke habe ich nur selten Männer erlebt, die sich mit „Ein Viertelchen, und ist es auch schön abgehangen?" abgeben.

Männer kaufen am Stück und in Mengen, sie untersuchen nicht jede Mohrrübe auf dunkle Stellen und halten den Laden nicht auf. Das ist sehr angenehm beim Einkaufen.

Weniger angenehm ist es, innerhalb kürzester Zeit eine Einkaufswagen-Ladung auf das Laufband zu laden. Das ist Kraftsport, deshalb von Männern vielleicht auch mit mehr Spaß bewältigt. Das Band läuft und der Akkord beginnt.

In der schönen neuen Einkaufswelt ist Zeit Geld, und wenn die Tomätchen kullern, weil die Tüte reißt, dann gibt es kein Mitleid. Und bitte schnell auch wieder einpacken das Ganze. Dafür bezahlt man auch noch, dass man in freien Minuten im Akkord auf- und einpackt und tunlichst nicht den Ablauf stört. Wehe, wenn sich alles stapelt und überquillt. Ich sehe die Leuchtschriften hinter den Stirnen „Ja, was ist das denn für Eine, geht das nicht schneller, wie mag es da nur zuhause aussehen?"

Schweißgebadet nehme ich in Kauf, dass die Weintrauben von den Sekt-Flaschen erdrückt werden, Hauptsache, alles ist in der Tüte und gut. Wenn es erstmal soweit ist, setzt die Entspannung ein. Doch vorher kann viel passieren.

Was mich so richtig auf die Palme bringt, sind die Menschen, die samstags nur ein „Stückchen Butter" wollen und sich an den Elf Schlangen vorbeidrängeln. Das macht man ja gern.

Nur hatte ich vor einiger Zeit zwei Männlein und drei Weiblein, die es mit diesem Trick an mir vorbei geschafft haben. Irgendwann ist ja auch mal Schluss mit höflich. Allerdings hatte ich Zeit, das Bezahl-Verhalten der Herrschaften zu beobachten. Mein stets niedriger Blutdruck stieg kontinuierlich an, als die Kassiererin dem ersten die Rechnung von „15,99 Euro" präsentierte.

Er schaute so überrascht, dass ich schon befürchtete, er sei in den Laden schlafgewandelt und wüsste nichts vom Einkauf. Doch er berappelte sich und zuppelte aus den mir

Gott sei Dank nicht näher bekannten Tiefen seiner Jogging-Hose ein Portemonnaie hervor, um endlich, endlich zu zahlen. Die Zweite im Bunde klimperte erstaunt mit ihren falschen Wimpern und suchte ihr Geld in der überdimensionierten Handtasche. Ein kleines besticktes Täschchen wurde hervorgezaubert und sorgfältig ein Schein entblättert. Erstaunlich. Und die Dritte musste erstmal entscheiden, ob mit Karte oder ohne?
Der gestiegene Blutdruck bewahrte mich immerhin vorm Umfallen.

Das kleine schwarze Messer

Ich gebe es zu: Selbst in meinen Ohren klingt mein Rufen etwas schrill: „Wo ist denn das kleine schwarze Messer schon wieder...?" Gelassene Antwort aus dem Wohnzimmer: „Weiß ich nicht!" Ich tobe in der Küche vor mich hin, will Zwiebeln schneiden. Eine Arbeit, die mir nicht so leicht fällt wie all diesen Fernsehköchen. Die schnell und geübt hübsche kleine Stückchen ihr eigen nennen können.
So einfach ist das bei mir nicht, denn, ich bin 1. immer in Eile, will 2. immer drei Dinge gleichzeitig tun und habe 3. weder ein sorgfältig geöltes Küchenbrett vor mir noch eine zweckmäßig eingerichtete Küche um mich herum.
Die Zwiebeln liegen ziemlich unspektakulär auf einem alten Plastik-Brett. Ich glaube, ich hatte es schon im Studium. Meine Mutter hatte es mir mitgegeben „Kind, Du brauchst doch ein Frühstücksbrettchen", und seitdem ist es nicht totzukriegen. Ebenso wie der alte abgeschabte Holz-Rührlöffel und der Plastikmeßbecher, dessen Aufschriften ich mittlerweile rate.
Komischerweise habe ich aber all diese alten Sachen immer in Reichweite. Während meine Universal-Küchenmaschine, mein Mixer und mein Pürierstab eher ein dunkles Leben in ungünstig angeordneten Küchenschränken fristen. Während ich noch von einer Wohnküche mit einem großen blank gescheuertem Küchentisch, wunderbaren alten Kacheln und dampfenden Gugelhupfen träume, holt mich die Stimme der Vernunft, ausnahmsweise mein Mann, in die Wirklichkeit meiner vollgestellten weißen Küche zurück. „Hast Du das Messer gefunden," fragt er in der

Hoffnung, dass die Suppe Gestalt annimmt und er nicht wirklich helfen muss. „Nein", fauche ich zurück „und überhaupt, hier müsste mal geputzt und aufgeräumt werden. Und die Schubladen sind auch zu voll, aber, ich kann mich nicht um alles kümmern!" „Oh," sagt er, und kraspelt in der Besteckschublade herum. „Was tust Du da, das macht mich noch ganz nervös", grolle ich und starre die Zwiebeln an. Die mich gleich zum Weinen bringen werden. Falls er mich nicht vorher zum Brüllen bringt.

„Du hast das Messer bestimmt aus Versehen mit in den Müll geworfen, als Du Kartoffeln geschält hast", triumphiere ich und träume von Dienstboten in adretten Küchenschürzen. „Nimm doch das hier. Das ist das Schärfste was wir haben. Und das Teuerste. WMF, haben wir extra gekauft, weil Du meintest, wir brauchen mal scharfe Messer…, versucht er es diplomatisch. „Das will ich aber nicht, ich will das kleine Schwarze", wüte ich. Und lasse eine ganze Schublade voll Messer und Messerchen durch meine Hände gleiten. Nirgends ist das kleine Schwarze zu finden. „Du weißt doch," versuche ich es erneut, „es hat einen Kunststoffgriff." Während wir so suchen, finden wir Allerlei. Messer zum Kartoffelpellen, Käsehobel, Käsemesser, Messer zum Obstschälen, Brotmesser, Brötchenmesser, Sägemesser, Fischmesser… Die meisten von ihnen sehen völlig unbenutzt aus.

Finster blicke ich vor mich hin: „Die haben wir alle noch nicht benutzt, und jetzt fehlt das kleine Schwarze auch noch. Ich kann nicht kochen, wenn es nicht da ist. Schon gar nicht nach diesem Tag. Und die Wäsche ist auch noch nicht im Keller…" Er verschwindet wieder aus der Küche, in der ich immer mehr Fettflecken rund um den Herd und auf dem Fußboden entdecke. Bald braucht es keine Zwiebeln mehr, um mich zum Weinen zu bringen. Doch plötzlich dämmert mir die Erkenntnis und ich öffne den Geschirr-spüler: Ein kleines schwarzes, abgewetztes Messer blinkt mich an. Ich spüle es liebevoll von Hand und setze den Zwiebeln zu. Das Messer ist eigentlich zu klein und nicht scharf genug. Egal. Die Zwiebeln werden nicht gleichmä-ßig geschnitten, aber, sie werden geschnitten. Das Messer weiß Bescheid.

Wo habe ich es eigentlich her. Während ist die Zwiebeln anbrate, fällt es mir ein: Ein Geschenk unseres Fleischers im Dorf meiner Eltern an meine Mutter. Vor etwas mehr als zwanzig Jahren. Ein Messer mit Geschichte also. Es macht keine Umstände, es wurde noch nie geschliffen – dazu eignet es sich eigentlich gar nicht – es ist keine tödliche Waffe, es ist einfach nur ein kleines schwarzes Messer. So wie Rührlöffel und Messbecher auch ganz einfach sind und ziemliche Gebrauchsspuren haben. Trotzdem stechen sie die Neuerwerbungen in meinen Schränken leicht und locker aus.

Mit der Gewöhnung an Neues ist es so eine Sache.

„Ach Kind," höre ich die Stimme meiner Mutter: „Was soll ich mit den neuen Gläsern, ich hab doch welche." Irritiert schaue ich die Sammlung aus Senfgläsern an, die meinen Eltern als Wassergläser dienen. „Aber die Neuen passen zusammen, sind zweckmäßig und spülmaschinenfest," protestiere ich schwach.

Seitdem werden die neuen Gläser bei meinen Eltern im Wohnzimmerschrank präsentiert, aus den alten Gläsern wird immer noch fröhlich und zweckmäßig getrunken. Das kleine schwarze Messer in meiner Hand bewegt sich: „Los

mach weiter, schneid das Fleisch und die Kartoffeln klein",
ruft es, und ich wünsche ihm ein langes Leben.

Das kleine schwarze Messer und die Moderne

Das kleine schwarze Messer ist nach wie vor mein wichtigster Küchenhelfer. Es ist mittlerweile gefühlt 100 Jahre alt und schon ziemlich abgenutzt. Stets liegt es griffbereit neben der Spüle, denn es gibt wichtige Aufgaben zu erfüllen. Zwiebeln schneiden, Butter teilen, Tomaten schneiden, Sellerie schälen, Äpfel und Birnen in Form bringen, Brot schneiden...

Dem kleinen schwarzen Messer geht es wie vielen Experten des täglichen Lebens auch: Es ist eigentlich auf diese Aufgaben nicht vorbereitet, erfüllt sie aber irgendwie. Natürlich sind die Brotscheiben nicht wirklich gerade, am Sellerie arbeitet es sich ziemlich ab und die Zwiebelstückchen sind nicht richtig filigran – aber das Messer liegt gut in meiner Hand, alles geht schnell und es hat stets Zeit.

Seit kurzem hat es Gesellschaft von einem superscharfen Keramikmesser bekommen. Das fräst sich überall durch. Es gleitet förmlich. Das kleine schwarze Messer murrt und windet sich. „Was willst Du mit dem scharfen Kollegen", beschwert es sich.

„Kaum bin ich alt, soll ich ausgemustert werden..." Oh je, ich muss schlucken. Und schneide beherzt mit dem Keramik-Konkurrenten in einen Apfel. Ich will ihn nur teilen. Leider will das Messer auch noch durch meinen Daumen. Blut fließt, der Apfel verfärbt sich, und das Geschirrhandtuch leuchtet rot – die Hamsterschublade will natürlich keine Pflaster hergeben.

Das Keramikmesser schimmert irgendwie tückisch in der Spüle. Das kleine Schwarze grinst.

Es gibt noch mehrere Zwischenfälle dieser Art. Mein Pflaster-Konsum steigt. Meine Finger gleichen langsam denen eines Blutboxers. Das kleine Schwarze dreht sich verführerisch im Glanz der Spüle. Ich treffe eine Entscheidung. „Du bleibst meine Nummer 1", sage ich.

Was schert es meinen Magen, ob die Zwiebelstückchen gleichmäßig geschnitten sind? Hauptsache heile Finger. Lieber eine stumpfe Klinge, als ein gefährliches Leben. Der Keramik-Konkurrent wird nur zu Sondereinsätzen genutzt. Aber nur, wenn Pflasterpackungen griffbereit sind...

Super(s)pin

„Das gehen wir schön zusammen durch", hat der nette Bankberater gesagt. 30 Jahre jünger als ich. Es geht um Online-Banking. Das will man mir seit Jahr und Tag andienen, ich habe mich lange geweigert. Doch nun ist der Zeitpunkt gekommen. Meine Lieblingsbankfilialen sind dem Online-Wahn gewichen. Selbst ist die Frau. Mutig will ich in die digitale Bankenwelt schreiten.

„Bringen Sie nur die Telefon-Pin mit und alles, was wir Ihnen zugeschickt haben." Ein bisschen blümerant ist mir schon. Wie hat er das gemeint? Welche Pin? Meine Karten-Pin habe ich mir mühsam gemerkt im Laufe der Jahre. Und irgendwas Neues kam da auch mal. Beim Suchen nach dem Schreiben fürs online-Banking fällt mir ein kleiner gelber Zettel in die Hände. „EssenundTrinken" steht da drauf. Und „Eule2783", aber auch „Herkules0815" und 3456. Ich bin ratlos.

Mir fällt mein Handy ein. Dann das Handy meiner Eltern. Die Paybackkarte, die Bahncard, die Krankenkassen-Karte für den Hund, die Parfümerie-Karte, die Apotheken-Karte. Ich bin sprachlos. Weder Pins noch kryptische Passwörter kann ich zuordnen. Wozu gehören die ganzen Sachen. Werden sie groß oder klein geschrieben? Mit oder ohne Leerzeichen? Warum habe ich das eigentlich alles?

Mein Hang zur undeutlichen Schrift treibt mir den Schweiß auf die Stirn. Ich suche weiter und finde Pins und Super-Pins, keine Chance der Zuordnung. Ich verschleiße Handys, Laptops und Passwörter. Wobei mein Laptop auch den Fingerabdruck nimmt. Beim dritten Versuch schmeißt es mich aber raus. Habe vergessen, welchen Finger ich favorisiert hatte. Mein Büropartner verdreht die Augen: „Nimm EIN Passwort für alles und wandele es ab." Der Mann ist vernünftig. Ist mir irgendwie nicht gelungen. Immerhin finde ich den verlangten supergeheimen Bankcode.

Der junge, empathische Sachbearbeiter will mir zeigen, wie einfach alles ist. Am Ende einer langen Prozedur soll ich via Handy mein nicht vorhandenes Geld verwalten können. Ich bin sehr gespannt. Er gibt eine 20stellige Zahlenkolonne ins mein Handy ein. Das stellt mir bedrohliche Fragen. „Wollen Sie wirklich weiter? Sie geben alles frei, ihr Privatleben, ihre Konten..." Atemlos mache ich – nix.

„Weiter", sagt der junge Mann. Ich drücke. Er gibt den nächsten Code ein. James Bond wäre stolz auf ihn. „Haben Sie alle Gesetzestexte gelesen...", fragt das Handy. „Weiter", sagt der junge Mann. Total abgebrüht ist er.

„Ist das nicht einfach", strahlt er. Ich soll eine App herunterladen. Vor lauter Aufregung finde ich den Playstore kaum, aber, es gelingt. Zwanzig Versionen der App ploppen auf. „Oben die", sagt er. Ich gehorche. Er gibt geduldig einen Pin ein. Und dann muss ich ein Passwort sagen. Tue ich. „Geht nicht", höre ich. Um sicher zu sein, brauche es Zahlen und Zeichen. Ich denke mir etwas aus. Zu kurz. Das Zweite will das Handy nicht. Beim Dritten klappt es. „Jetzt muss ich das Ganze dreimal bestätigen.

„Super, oder?", fragt der Bankmensch.

Ich bin fasziniert, sehe ich gerade doch alle meine Kontobewegungen auf dem Handy. „Ist das sicher?", frage ich. „Klar", freut er sich. „Deshalb haben wir ja ein kompliziertes Passwort genommen." Ich schreibe es schnell noch auf und verlasse die gastliche Bank. Ein paar Tage später will ich Geld überweisen. Stolz tippe ich auf meinem Handy herum.

Passwort falsch, erster Versuch. Sie haben noch zwei Versuche, warten sie sechzig Sekunden. Fröhlich mache ich weiter. Passwort falsch. Sie haben noch einen Versuch, sonst muss die App neu gestartet werden. Warten sie 120 Minuten. Mir gefriert das Blut in den Adern. Was ist falsch, was wird groß statt klein geschrieben?

Wie schrecklich ist das denn? Den dritten Versuch wage ich nicht mehr. Das kann ich dem netten jungen Mann nicht antun. Immerhin ist mein Passwort so sicher, wenn ich es nicht knacken kann, dann auch kein anderer...

Mein Hamster-Ich

Die Tüte ist irgendwie zu schade zum Wegschmeißen. Wiederverschließbar, auswaschbar, aber wofür soll ich sie so schnell nutzen? Keine Ahnung, allerdings läuft mein Hamster-Naturell auf Hochtouren. „Die musst Du aufheben", flüsterte eine innere Stimme, „damit kannst Du noch viel anfangen." Fleisch einfrieren, Kräuter einfrieren, Butterbrote einpacken, Brot aufbewahren...
Ich besitze zwar einen Brottopf, friere nie Fleisch ein, und nehme mir immer nur vor Butterbrote zu schmieren – aber, die Vorstellung eines perfekten Haushalts-und Vorratslebens ist verlockend. Ich öffne eine große Schublade in meiner Küche, und schwupp:
Wie von Geisterhand gezogen, gesellt sich die Plastiktüte zum bunten Rest in meiner Küchenschublade. Ich schmeiße sie schnell wieder zu, um mir gar nicht erst über kleine Schächtelchen, einzelne Nägel und uralte Korkenzieher Gedanken machen zu müssen. Mit geschlossener Schublade sieht die Küche ziemlich ordentlich aus. Einziges Problem, ich weiß, wie es in der Schublade aussieht... Aber irgendwo muß die Tüte ja landen, beruhige ich mich, und vergesse die Schublade des Schreckens.
Bis ich Geburtstag habe und wunderschöne Geschenke bekomme. In Zellophan verpackt mit kunstvoll arrangierten Schleifen. In der einen steckt sogar eine kleine künstliche Blume, verschiedene Farben sind verarbeitet – „So etwas kann ich nicht wegschmeißen", denke ich mir und handele. Schnell öffnen unsichtbare Geister meine Schublade, schwupps verschwindet die Schleife. Verknotet sich mit 4

anderen, die dort schon zusammengeknüllt unter ein paar Heftzwecken und einer alten 40 Watt-Birne liegen. Wer weiß wofür es gut ist, denke ich, und mein Hamster-Naturell freut sich über all die nützlichen Kleinigkeiten.

Dass die Schublade sich kaum schließen lässt, irgendetwas sperrig ganz hinten klemmt und die geklauten Streichholzheftchen aus dem Hotel bestimmt ihren Dienst nicht tun, das stört mich erstmal nicht.

Am nächsten Tag muss ich in die Apotheke. Dort gibt es immer nützliche Kleinigkeiten zum Einkauf dazu. Ich liebe kleine verpackte Notfallpflaster. Überall in meiner Wohnung und meinen Taschen habe ich sie deponiert. Ausgestattet mit einem Hang zum Stürzen, Anecken und in die Finger schneiden, gibt es für mich nichts Praktischeres. Eben mal ein Pflaster aus so einem Heftchen herausreißen, den Daumen versorgen – wunderbar. Und auch noch Geld gespart, weil geschenkt. Das Problem ist nur, ich finde die Dinger im Ernstfall nicht.

Beim letzten Notfall musste ich im Badezimmer solange suchen, bis die Fliesen vollgeblutet waren, bevor ich den Erste-Hilfe-Kasten zum Einsatz bringen konnte. Ärgerlich. Diesmal bekomme ich in meiner Apotheke wieder wieder ein Pflaster-Heft. Und zwei einzeln verpackte Hustenbonbons mit Salbei. Ich hasse Salbei-Bonbons, aber, der Hamster in mir spricht er sei froh, wenn für den Notfall ebensolche Bonbons im Haus seien. Und so schön praktisch einzeln verpackt.

Die Schublade hört auf zu husten, als ich die Tütchen in ihre unendlichen Tiefen versenke. Die Bonbons treffen bei ihrem Schubladen-Besuch auf zahlreiche Pflaster-Heftchen aus ihrer Apotheke und beginnen ein angeregtes Gespräch. Ich muss ziemlich drücken und schieben, um die Schublade in ihre Schranken zu weisen, und zu schließen. Ich verlasse all die schönen Dinge und mache mich auf in die Stadt. Irgendetwas will ich mir heute unbedingt noch kaufen und mir schwebt auch schon etwas ganz Bestimmtes vor. Habe ich doch in einer Koch-Sendung einen Öffner gesehen, mit dem sich spielend fest verschlossene Gläser öffnen lassen. Also, nichts wie hin, den Öffner erworben, und der Test mit dem Gurkenglas. Angeblich ein Öffner mit Hebelwirkung, superleicht zu bedienen, ohne Kraft, mit Schwung und Pfiff. Als das Glas auf den Fliesen splitterte, greife ich beim nächsten Ernstfall auf Altbewährtes, sprich den Mann an meiner Seite zurück.

Wohin aber nun mit dem teuren Öffner? Der Mann hat seinen Platz in der Wohnung, der Öffner sollte ihn in der Küchen-Schublade finden. Die allerdings will nicht richtig aufgezogen werden, und, die anderen Bewohner wollten keinen Platz machen. „Schmeiß das Ding weg," sagt der sprechende Glasöffner neben mir, „wieder mal nutzlos. Umsonst gekauft, was willst Du damit?" Halt, halt, denke ich. Wer weiß, wofür so ein Öffner dann doch noch gut ist – vielleicht zum Verschenken an die zweitbeste Freundin, das kann man nie wissen.

Ich drücke und quetsche das sperrige Ding in die Schublade. Genau wie die Gummiringe und die nicht abgestempelten Briefmarken, die alten Knöpfe und die Reserve-Knöpfe, die an meinem neuen Blazer baumeln.

Doch dann kommt die Wende. Sie heißt Frühling und Frühjahrsputz. „Ausmisten", „Feng Shui für Schubladen und Seele" krakeelten die Frauenzeitschriften. „Weg mit dem Alltag und den alten Klamotten, lassen sie los, befreien sie sich vom Diktat der Dinge!" In der Hamster-Schublade rumort es gewaltig. Die Dinge ahnen Böses und in der Tat. Ich schütte beherzt alles auf den Küchentisch, was ein Dasein im Dunkeln geführt hat. Wische die Schublade schön aus und werfe das eine oder andere weg. Die kaputte Birne, die alten Batterien, die vertrocknete Uhu-Tube. Stolz betrachte ich mein Werk. Und ordne schnell und beherzt die Heftpflaster-Tütchen zu einem hübschen Stapel, gehalten von einem von 100 möglichen Gummibändern. Auch die ordne ich zu einem hübschen Ring, lege liebevoll den nutzlosen Glasöffner daneben.

Eine ordentliche Schublade. Schnell ziehe ich sie noch mal auf und fege mit einem Handgriff zwei leere Brottüten und zwei Plastikverschlüsse hinterher. Sie machen es sich auf dem Pflaster gemütlich, wer weiß spricht meine Hamster-Seele, wann sie zum Einsatz kommen...

Tassen-Taschen?

Es ist ja so eine Sache mit den Dingen. Viele Dinge braucht man nicht. In meinem Leben befinden sich Dinge, die sind entweder nötig und nervig, oder überflüssig, oder unnütz, oder unnütz und machen mir Spaß. Ein paar Beispiele: Ordner mit Steuerunterlagen sind nötig und nervig, Spargelschäler sind überflüssig, mein kleines schwarzes Messer ist besser, Behälter für Tischabfälle sind unnütz und Taschen für Tassen sind unnütz und schön!!!! Taschen für Tassen habe ich seit kurzem. Man hängt die kleinen bunten Plastik-Dinger an die Tasse, schmeisst einen Keks hinein und hat Kaffee und Keks immer im Griff. Mit einem Griff...

Eine bedeutende Erfindung der Dinge-Industrie. Wie gemacht dafür, um demnächst in der Hamsterschublade rumzuliegen, oder in den Tiefen der Spülmaschine zu verschwinden. Wie gemacht dafür, um entdeckt zu werden, an den alten Kaufmannsladen zu erinnern, und mitgenommen zu werden. Völlig blödsinnig. Aber irgendwie witzig.

„Was ist das?", fragt mein Besucher entsetzt.

„Taschentassen", antworte ich mit Besitzerstolz. „Wieso?" „Wieso nicht?" „Was kann da rein?" „Kekse, Milch, Zucker..." Er schaut mich verständnislos an. Kekse isst er immer im Dutzend, wieso soll er zwei davon an eine Tasse hängen? Und Milch? „Wieso Milch?" „Na, die einzeln verpackten, kleinen Dinger..." Er schüttet einen halben Liter Milch in seine Tasse und wundert sich.

Ich habe die Taschentassen heute schon an Gästen im Büro ausprobiert. War ganz gut. Man muss aufpassen, dass sie

weder beim Trinken abfallen, noch in den Kaffee fallen...
Sehr kommunikativ. Aber sie sehen so gut aus! Grüße an
die „Dingediemannichtbrauchtundtrotzdemhabenmöcht-
eIndustrie." Geniale Idee.

Fleck ist nicht gleich Fleck…

Die Flecken werden nie wieder auszuwaschen sein. Sie erinnern mich an einen Abend bei meinem Lieblings-Italiener. Ich hatte das zartrosa Shirt an. Schönes Material, seidig. Normalerweise bin ich damit sehr vorsichtig. Viele dieser Klamotten sind für die Optik gemacht. Dekorativ in der Ecke stehen. In Limousinen herumgefahren werden. Ein kleines Sushi-Häppchen in der Hand halten…

Langsame Bewegungen, wenig Appetit und wenig Aktion vorausgesetzt. Vielleicht noch ein Foto oder ein geziertes Winken. Mehr aber nicht. Also alles andere als für mich geschaffen. Trotzdem: Manchmal muss es so ein Kleidungsstück sein. Ich hatte die Rechnung ohne die Pizza gemacht. Hatte schon extra auf Nudeln verzichtet – wegen der roten oder sonstigen Soße. Die Pizza ist schön kross, aromatisch und sehr tomatig.

Es sind auch nur drei kleine Tomatenflecken. In Brusthöhe. Ich versuchte, mich an die Tipps aus den Frauenzeitschriften zu erinnern: Bei Kugelschreiber-Flecken Soda nehmen, bei Schmieröl fettlösendes Spüli, bei Rotwein Salz, bei Weißwein Rotwein… Die gestärkte Serviette wird als erste Fleckenhilfe direkt beim Italiener mit gutem Mineralwasser getränkt.

Das Verreiben der Flecken hatte eine tolle Wirkung: Die Flecken werden kleiner, die Wasserflecken größer. Nun habe ich Tomate mit Wasserrändern. „Lass doch", spricht mein Gegenüber und trinkt gemütlich sein Bier. „Mann sieht kaum etwas." Toll. Aber ich weiß es. Genauso wie ich weiß, dass mein Friseur meinen Pony schief geschnitten hat.

Mein Gegenüber war auch beim Friseur und ist total zufrieden. Fast selbstgefällig. Mir ist nach einem kleinen Streit. Und er hat auch keine Tomaten-Flecken auf seinem Hemd. Ausnahmsweise. „Steck das Ding einfach in die Waschmaschine", kommt weiter zweifelhafter Trost.

„In die Waschmaschine?" Eigentlich keine schlechte Idee. Wenn er mal wieder meine weißen Blusen rosa färbt, könnte der Fleck ja rausgehen… „Wieso?", verteidigt er sich „das kann passieren." Jedenfalls sieht mich mein Lieblings-Italiener demnächst nur noch in tristen, alten, schwarzen Blusen.

Aber die werden nie tomatig. So will es das Tomaten-Gesetz.

Plastiktüten-Spucke

Ich stehe am Obststand. Der Supermarkt ist beliebt. Gerade am Obststand treffe ich viele Nachbarn und Bekannte. Auf der Suche nach Vitaminen und einem kleinen Gespräch.

Momentan versuche ich, leicht verzweifelt, ein paar Hände voll Kirschen in eine kleine Plastiktüte zu füllen.

„Die Kirschen sehen aber gut aus", sagt der Nachbar und stellt sich in die Kirsch-Warteschlange. Wir unterhalten uns, und ich versuche mich als Tüten-Flüsterin. Ich bekomme sie einfach nicht auf. Meine Finger sind irgendwie statisch aufgeladen, die Tüten-Henkel kleben zusammen. Meine Hände werden nicht feucht, und ich kann doch nicht spucken… im Laden, am Obststand…

Also zwirbele und knete ich die Schlaufen und denke über mein Leben nach. Der Nachbar erzählt eine Geschichte aus der Politik, ich stimme ihm gedankenverloren bedingungslos in allem zu.

Mittlerweile reiße ich an der armen Tüte und frage mich, warum wir zum Mond fliegen, diese doofen Tüten aber nie gehorchen. Wie wäre es mit einem Tüten-Nobelpreis? Ich zerre und ziehe, und irgendwann ist die Tüte halb kaputt und ich erwische zwei Enden.

Noch im Gehen sehe ich, wie der nächste in der Tüten-Warteschlange verstohlen in die Hände spuckt…

Friedhof der Süßigkeiten

Es fällt mir entgegen und zerbricht in alle Einzelteile. Gut, dass es von einer Plastikfolie umgeben ist. Das Marzipan-Osterhäschen.

Es ist mir beim Aufräumen förmlich in die Hände gebröselt. Wie lange fristet es schon sein Dasein im Schrank? Ich erinnere mich wieder an seine Ankunft: Ein schönes Ostergeschenk. Vor drei Jahren überreicht... Mit Schleife und Blümchen, vom Konditor. Zu schade zum Aufessen. Es schaut auch so drollig aus schwarzen Schokolade-Augen... zwinkert mir zu...

Es gesellt sich zur Sammlung meiner alten Weihnachtsmänner. Auch zu schade zum Aufessen. Die Kalorien-Bomben harren aus. Bis zum Herbst. Da kommt noch eine Kartoffel aus Marzipan und ein Marzipan-Kürbis zur Sammlung hinzu. Sogar die Kartoffel hat Augen!!! Ich kann sie nicht essen.

Beherzt sammele ich alle Schokoladen-Brösel und Marzipan-Skelette ein und entsorge sie. Das sind Zuckertiere, denke ich mir kopfschüttelnd. Nie wieder wird so etwas aufgehoben. Nur das Silvester-Glücksschwein aus Marzipan mit Kleeblatt, das erhält eine Gnadenfrist...

Muss ist kein Muss

Es gibt Wörter, die gehören hinter Gitter. Mein Favorit für lebenslänglich ist „müssen". „Ich muss mal wieder aufräumen." „Ich muss abnehmen." „Ich muss Müllers einladen." „Ich muss die Koffer packen". „Am Wochenende muss ich putzen." „Ich muss zum Zahnarzt, kontrollieren." „Ich muss noch Winterreifen aufziehen lassen." „Ich muss noch einen Text schreiben..."

Die Liste lässt sich unendlich verlängern. Wer hat das Muss bloß erfunden? Es ist klein, es ist schäbig und es quält uns. Und ist ein Muss für ein schlechtes Gewissen. Das Muss verhindert Müßiggang und ist der ärgste Feind der Zufriedenheit. Wenn das Muss regiert, stellt sich keine innere Ruhe ein. Ich glaube, es hat zottelige Haare und ein rotes, wütendes Gesicht.

Es hat aber auch eine zweite Seite: „Ich muss heute Eis essen." „Ich muss Dich mal loben..." „Ich muss sagen, Du siehst gut aus." Klingt ganz anders. Das Muss sitzt immer auf der Lauer und wartet auf seine Einsätze. Es wartet auf Startzeichen.

Das Gute ist: Den Startschuss kann es nicht allein geben. Ich muss es tun!

3. Zugig zügig

Zug um Zug in die Einsamkeit

im ICE zwischen Kassel und Frankfurt herrschen strenge Gesetze. Vor einiger Zeit bin ich abgehetzt in Frankfurt zugestiegen. Habe mich Freitagnachmittag mit schweißatmenden Menschentrauben in einen Zug gedrängt, der mindestens vierfach überbelegt ist.

Schlapp geistere ich durch die Wagen, immer der abweisenden Blicke der Sitzenden gewiss. Denn wer sitzt, ist Sieger. Wer zuerst lächelt, hat vielleicht das Pech, einen Sitznachbarn zu bekommen.

Da könnte ja so ein armer Zugestiegener fragen: „Entschuldigung, ist hier noch frei?" Katastrophe, das möchte die verschworene, schweigende, sitzende Mehrheit natürlich nicht.

Das macht nur Ärger, es muss Gepäck verstaut werden, und eventuell wird man auch noch angesprochen: „Ist das hier der Zug nach Kassel?" Das will man nicht. Also lieber runter gucken, wegschauen, streng schauen, alle Varianten mal durchspielen. Ich steige so über Koffer und sammelte negative Schwingungen, als ich an einem Tisch drei freie Plätze entdecke.

Als ich freudig frage, ob... wird meine Euphorie streng gebremst: „Hier ist besetzt, die Leute kommen noch", bellt ein älterer Herr. Oje, mit ihm ist nicht gut Kirschen essen, das ist zu sehen. Er wacht über die freien Plätze wie die Bahnpolizei über Bahnsteige und ich habe keine Lust auf ein entsprechendes Gespräch. Die Schlange hinter mir auch nicht.

Also gilt es Nehmer-Qualitäten zu beweisen, und bis Kassel zu stehen. Nur zwei der Plätze neben dem Herrn werden besetzt – kein Reisender der steht, gibt sich die Blöße, noch einmal hinzugehen. Ordnung muss schließlich sein. Auch wenn ein reservierter Platz leer bleibt, wo kämen wir hin, wenn jeder sich da setzen würde!

Noch schöner war es kürzlich auf der Strecke zwischen Fulda und Kassel. Ich habe tatsächlich einen Platz erwischt. Sitze endlich auf einem Platz in einem Wagen, der sehr merkwürdig riecht. Nach zweiter Klasse, speckigen Kopfteilen und Leberwurstbroten, da spricht ein junges Mädchen, das drei Plätze belegt – einen für die schöne, teure Tasche, einen für die Beine in den löchrigen Jeans, einen für ihr Hinterteil – zu einem Herrn:

„Ich weiß nicht, hier können Sie nicht sitzen, es könnte noch jemand kommen." Mir stockt der Atem, und der Mann erwidert ungerührt: „Ich bin Jemand", setzt sich und die arme Tasche zieht sich schmollend ins Gepäckteil zurück.

Der Zug des Grauens

Im Zug. Nach 17 Uhr. Zug zu spät. Es ist herbstwarm. Viele Pendler. Der Zug ist voll. Durch die Fenster knallt die Sonne. Es ist laut. Im Zug ist es schwitzig: „Warum habe ich nur den Wollpullover angezogen?" Genervte Stimmung. Viele Zugfahrer stehen im Gang. Zwei Kinder schreien ohrenbetäubend. Übrigens bis Kassel. Der Mutter ist es egal, das ist modern. Ich quetsche mich auf einen Sitz neben einen Herrn, der missbilligend seinen Rucksack wegnimmt. Versenke mich in mein Buch.

Ohne Buch keine Zugfahrt. Und eine Ersatz-Zeitschrift. Plötzlich geht es los, zwei Sitze vor mir: „Können Sie den Koffer ins Gepäcknetz tun, das wäre nett." Ein Mann redet unnatürlich freundlich auf einen jungen Mann ein. „Seien Sie so nett". Ich werde misstrauisch. Das klingt zu säuerlich. Es geht weiter. „Nein, so geht es nicht. Das Rollo bleibt oben." „Wieso?"

„Sie haben mich nicht gefragt. Eben wollten Sie doch schon den Koffer nicht hochstellen. Sie übergehen mich. Ich will dass das Rollo oben bleibt."

„Ich übergehe Sie nicht. Ich werde von der Sonne geblendet." „Das Rollo bleibt oben. Legen Sie einen Pullover über Ihre Augen. Das Leben besteht aus Kompromissen." „Was habe ich Ihnen denn getan?" „Das Rollo bleibt oben. Oder lieben Sie die Dunkelheit? Sie lieben die Dunkelheit? Ich will die Sonne sehen..." „Ich liebe die Dunkelheit nicht, was soll das?"

Die Stimmen werden lauter. Ich rutsche in mich hinein. Die Kinder grölen ohrenbetäubend und zerstören ihre

Sitze. Die Mutter reagiert nicht. Der Stresspegel steigt. Der Mann neben mir beugt sich über die Sitze und ruft den Kampfhähnen zu: „Was soll das? Hören Sie auf, es sind auch noch andere Menschen im Zug!" Er zwinkert mir zu. Die Kinder schreien.

„Sie lieben die Dunkelheit?" „Wieso soll ich die Dunkelheit lieben?" Mein Kopf prickelt. Ich will raus. Der eine hält das Rollo fest, der andere zieht dran. Die Kinder randalieren. Zerreissen Zeitschriften. Schmieren Eis in die Sitze. Die Mutter reagiert nicht. Die beiden Streithähne schlagen sich gleich.

Ich sinke in Kassel aus dem Zug und küsse den Boden. Treffe eine Freundin. „Toll", sagt sie. Diese ICEs sind so praktisch. Du kommst ohne Stress von A nach B…

Rollender Wüsten-Sarkophag

Es ist wie eine Kettenreaktion. Der ICE nach Hamburg fällt aus. Der nach Berlin auch. Dafür kommt plötzlich der ICE, der schon eine Stunde zuvor in Fulda abgefahren sein sollte. Nur das es kein ICE ist, sondern ein IC. Die abgespeckte Version. Mit klappernden Türen, ziemlich kurz, und verzweifeltem Personal.

Denn, es ist der erste wirklich heiße Tag des Jahres. Damit nicht genug: Der Zug fährt an und es wird klar, dass die Klimaanlage ausgefallen ist. Die Luft steht. Ich schätze die Temperaturen auf stehende 60 Grad. Schon als ich in den Sitz falle, klebe ich fest.

Keine Panik, denke ich mir. Denk an etwas Kaltes, eine kalte Cola, ein Schwimmbad, das Meer... Leider nicht ganz so einfach. Im Großraumwagen macht sich langsam Panik breit. Das Gefühl nicht atmen zu können, setzt sich in meine Lungen. Zwei junge Männer wischen sich ununterbrochen mit Handtüchern übers Gesicht. Ihre Köpfe leuchten wie Glühbirnen. Eine Zugbegleiterin verteilt Wasser, und bemüht sich freundlich zu sein – ein ganz schlechtes Zeichen.

Eine Großmutter muss ihren kleinen, zweijährigen Enkel beruhigen, der so schwitzt, dass ihr und allen anderen Fahrgästen Angst und Bange wird.

Ihr alter Hund ist auch mit von der Partie und hängt apathisch in seinem Körbchen. „Hunde schwitzen ja über die Zunge", versuchte einer der jungen Männer die alte Dame zu beruhigen. Der Hund rührt sich nicht. Wasser will er schon lange nicht mehr.

Der rollende Wüsten-Sarkophag der Deutschen Bahn kommt irgendwann in Kassel an. Ich kann es kaum glauben. Hund, Kind und Oma leben noch und steigen auch aus.

Schnell will ich meine Parkkarte am Schalter abknipsen lassen (mit Bahnticket abgeknipst wird das Tages-Parken günstiger), um mein Auto zu befreien, die Klimaanlage aufzudrehen und wegzukommen von allem, was an die Bahn erinnert.

In der Schalterhalle in Kassel gibt es drei Schlangen und zwei besetzte Schalter ohne Schlangen. Zu einem gehe ich. „Wo ist ihre Wartemarke", nölt mich die Bahnmitarbeiterin desinteressiert an. Oh ja, die Bahn arbeitet mit Marken. Damit alles so ordentlich funktioniert wie die Klimaanlagen...

„Was glauben Sie eigentlich? Ich bin nicht ICE, sondern IC gefahren, habe überzahlt, 1 Stunde Verspätung in Kauf genommen und bin einem Wüsten-Sarkophag entronnen! Glauben Sie ich ziehe fürs Abknipsen jetzt noch eine Marke und stehe an??????"

Ich stehe kurz vor der Explosion. „Ja, aber ich habe so ein Abknipsgerät gar nicht..." kommt die kleinlaute Antwort.

Ich habe auf die Ermäßigung verzichtet. Auch aufs Ausrasten. Zu warm...

Qualen nach Zahlen…

Eine freie Schalterhalle am ICE-Bahnhof in Kassel. Der Morgen beginnt rosig. Fünf besetzte Schalter, keine Wartenden. Ich habe es ein wenig eilig und stürze auf Schalter fünf zu. „Einmal Fulda hin und…"

„Ziehen Sie bitte erst eine Nummer", sagt die Dame streng und schaute nach unten. „Ehrlich? Es ist doch gar nichts los…"

„Bitte ziehen Sie eine Nummer!" Ein strenger Ton, ein strenger Blick. Alle fünf Menschen an den Schaltern schauen weg oder tun so, als ob es sie nichts angeht. Ich ziehe eine Nummer. Schließlich will ich unbedingt eine Fahrkarte. Die Nummer 27. Wie schön.

Mittlerweile trudeln noch mehr Reisende ein und ziehen Nummern. An den Tafeln mit den roten Displays ist man erst bei Nummer 22 angelangt. Die 22 blieb eine Weile stehen. An keinem Schalter ein Mensch. Also kein Reisender vor dem Schalter. Mit einem „Pling" erscheint die 23. Niemand rührt sich.

Mittlerweile starren alle mit offenem Mund auf die Displays über den Schaltern. 2 Minuten vergehen. Die 24 ploppt auf. Die Halle füllt sich. Nummer 24 kommt nicht. Die 25 meldet sich mit einem „Pling". Wie angewurzelt stehen die Reisenden. Auf der Suche nach der 25. Die zusammen mit Nummer 22 und 23 wahrscheinlich vor lauter Verzweiflung ob des Nummernsystems, schon zu Fuß entlang der Bahnstrecke unterwegs ist.

Mir bleiben noch 7 Minuten. Heute wird der Zug ausnahmsweise pünktlich sein, das ist mir klar. Die 26 erscheint auf der Tafel. Nach angemessenen zwei Minuten endlich: Meine 27! Ich eilte wieder zu der strengen Dame „Bitte Schalter sechs, nebenan", bellt sie. Ok. Schalter sechs, Nummer 27, einmal Hin, einmal Rück...

Wie durch ein Wunder bekomme ich die Karte. Rase zum Zug. Und frage mich bis heute, wo an diesem Morgen die versteckte Kamera war, und wann gesendet wird...

Verschnupfte Zugfahrt

Der Mann schnieft. Ich versenke mich in meine Zeitschrift. Und lese Spannendes über neueste Pasta-Rezepte. Für die man Tomaten und Paprika fotogen klein schneiden muss. Safran wird auch noch benötigt. Und Weißwein. Roter Pfeffer. Habe ich das alles heute Abend im Haus? Der Mann schnieft immer noch.

Ich verdränge ihn. Und beschäftige mich mit meiner Zeitschrift, und mit den wirklich wichtigen Problemen der Menschheit: Was tun bei trockener Haut? Was tun bei öliger Mischhaut? Was tun bei zu dickem Haar? Was tun bei dünnem Haar? Der Mann schnieft immer lauter. Ich muss es vielleicht erklären: Er sitzt vor mir im ICE. Der Zug rast durch einen Tunnel nach dem anderen.

Ich schaue mich um. Der Zug ist relativ leer. Es ist noch früh am Morgen. Der Mann zieht die Nase hoch. Ich versuche, mich auf Schmink-Tipps zu konzentrieren. Aber ich kann mir einfach nicht merken, ob ich zuerst den hellen oder zuerst den dunklen Lidschatten auftragen soll. Habe ich jetzt eine eckige, eine runde oder eine ovale Gesichtsform? Oder eine Mischung? Ich sehe in der dunklen Scheibe ein Gesicht, das irgendwie nicht zu mir zu gehören scheint. Der Mann schnieft so laut, dass ich erschauere.

Er ist mittelalt. Liest eine Zeitung und hat kein Taschentuch, klasse. ich liebe solche Zuggefährten. „Was macht Ihr zuhause Jungs?" – würde ich am liebsten rufen. Kickt Ihr da den Dreck unter den Tisch und geht mit Schuhen ins Bett? Was hat Eure Mutter Euch beigebracht? Langsam werde ich richtig sauer. Ich versuche, die Geräusche zu ignorieren. Flüchte in Fulda aus dem Zug. Und wette fünf Euro, dass der Rotz-Gefährte aus dem Zug bei seinen Kollegen im Betrieb viel Wert auf gutes Benehmen legt...

Benglisch –
das Bahn-Englisch

Ein netter Schaffner. Hamburger Dialekt. „Moin, moin". Zwei Mitreisende haben falsch ausgestellte Fahrkarten – er erklärt und drückt ein Auge zu. Wünscht gute Weiterfahrten. Klingt gutgelaunt. Und macht die Ansage kurz vor Fulda. Als schon der ganze Wagen lacht, begreife ich es auch: „We will arrive Fulda ät nine Uhr eight, sänk you for travelling mit Deutsche Bahn."
Ich muss auch schmunzeln. Mein Hamburger Zugführer wird verstanden, nur darauf kommt es an. „We will arrive Fulda ät neun Uhr eight."

100 Minuten bezahlte Verspätung

„Hier kann man ja noch nicht mal ein Fenster öffnen." Der Mann hat sowas von Recht. Ich schaue mich misstrauisch um. Nix zum Scheibe einschlagen. Und gefühlt 60 Grad. Der Zug ist wieder mal zu spät. Ich habe in Fulda auf dem Bahnhof festgehangen. Freitagabend. „Stellwerkschaden" trötet die Zugdurchsage.

Eine fürchterliche Frauenstimme. Offenbar ausgesucht nach den Kriterien für Resignation und Frust in den Stimmbändern. „Der ICE 789 nach Dresden hat 45 Minuten Verspätung. Grund dafür ist ein Stellwerkschaden." „Der ICE 867 nach Hamburg fährt heute auf Gleis 7 ab. Verspätung circa 60 Minuten. Grund dafür ist die Überholung durch einen anderen Zug."

Aha. Wieso überholen die sich? Und was ist ein Stellwerkschaden? Und wieso so oft? Es ist eine Woche, in der kein einziger ICE pünktlich gewesen ist. Nicht morgens und nicht abends. Stellwerkschaden, Betriebsschaden, ich rätsele morgens im Bett schon, was es diesmal wird.

„Achtung an Gleis 6: der Zug hat auf unbestimmte Zeit Verspätung." Der Bahnsteig lacht. An diesem heißen Freitagabend in Fulda. Die Durchsagerin sagt es wirklich: Der Zug nach Hamburg hat auf unbestimmte Zeit Verspätung. Sie hatte keinen Trost in der Stimme. Eher schlechte Laune. Meine Toleranz sinkt gegen Null. Teure Fahrkarten, miese Stimmen, kaputte ICEs, aber, ich soll nach einem zwölf Stunden-Tag noch Verständnis haben. Der Mann einer Freundin sagt in so einem Fall gern: „In Berlin ist das noch schlimmer. Da bricht ständig der Verkehr zusammen." Oder: „Stell Dir mal vor, wenn der Urlaubsflieger nicht kommt?" Oder: „Meine Güte, das sind doch nur Ausnahmen!"

Habe ich schon gesagt, dass ich ihn für einen widerlichen Wicht halte? Sollte ich zufällig mal ein Glas Rotwein auf seine Hose schütten, werde ich mich rächen: „Stell Dir vor, es wäre Glühwein gewesen? Und Du hättest keine Hose angehabt. Und das mitten in Berlin…"

„Der Zug hat auf unbestimmte Zeit Verspätung." Ich habe auf unbestimmte Zeit schlechte Laune. Da rollt ganz langsam ein ICE ein. Es ist der, der vor zwei Stunden überholt worden war, um 17 Uhr hätte da sein sollen, nun ist es 19 Uhr, aber, er sollte in Kassel halten! Ich springe hinein. Erwische noch einen Platz. Übrigens in der ersten Klasse. Zweite fahre ich nicht mehr. Zu oft gestanden, vorm Klo gelegen, keinen Platz bekommen. „Na, wenn Du Dir das leisten kannst", höre ich den widerlichen Widerling. Nee, kann ich nicht. Will ich aber. Muss auch jegliche Thrombosegefahr von meinen Beinen abwenden, und brauche Platz.

Der Zug rollt in meine Überlegungen. So etwa mit 30 Stundenkilometern. Geübte Bahnfahrer wissen: Da stimmt etwas nicht. Wir zockeln durch die ersten Tunnel. „Guten Abend, hier spricht ihr Zugchef. In Wagen 26 ist die Klimaanlage ausgefallen, deshalb kann er nicht besetzt werden", erzählte mir ein freundlicher Bayer. Ok. Der Zug zockelt weiter. In Fulda steht ein großer roter Rettungszug. Ich denke daran, ob er zum Einsatz kommt, wenn wir im Tunnel steckenbleiben. Oder uns ein Schaf überholt.

„Nun ist leider auch in Wagen 30 und 36 die Klimaanlage ausgefallen, entschuldigen Sie die Unannehmlichkeiten." Der bayerische Zugchef hat zu tun an diesem Abend. Wir überholen zahlreiche Schnecken, da fällt im Tunnel auch noch das Licht im Großraumwagen aus.

„Es ist beschissen, ich weiß. Wir haben technische Probleme, der Zug ist überfüllt und wir müssen ihn in Kassel stilllegen. Alle, die nach Norden wollen, können sich 30 Euro im Service-Zentrum abholen. Es tut mir leid."

Eine der ehrlichsten Ansagen, die ich je gehört habe. Der Zugchef hadert. Es ist beschissen. „Langsam wird es echt heiß", sagt der Mann neben mir. Wir zockeln weiter. Er klingt irgendwie panisch. Heiß, dunkel, ohne Wasser im Tunnel im überfüllten Zug – Feierabend mit der Deutschen Bahn.

Irgendwie schafft es der marode ICE nach Kassel und spuckt Hunderte von Reisenden aus. „Dieser Zug fährt nicht weiter", klingt es hämisch aus den Lautsprechern. Ich füge leise an: „Schuld ist ein Dachschaden auf Strecke bei den Verantwortlichen. Sie haben sich nur bei den Gehältern überholt."

Fatal digital

„Haben Sie das nochmal auf dem Handy?" Entgeistert schaue ich die Zugbegleiterin an. „Wieso?" „Der nimmt das nicht", sagt sie und zeigt auf den Scanner.

Eigentlich sagt sie aber lauernd: „Du blöder Zuggast, Du nervst. Und Du störst. Ohne Dich ist es schöner hier. Bestimmt ist Dein Ticket nicht das Richtige und ich kann Dich zu 500 Euro Strafe verdonnern…"

Sie versucht den merkwürdigen QRCode mit dem komischen Gerät zu lesen. Nun muss man wissen, wie megastolz ich darauf bin, das Ticket überhaupt ausdrucken zu können. Ein kleiner Schritt für die Menschheit, ein großer für mich.

Missbilligend fuhrwerkt die Zugdame an meinem Papier herum. Ich versuche derweil die Handy-App aufzumachen. Wobei ich App stöhnend innerlich mit app-solut Panne übersetze…

„Haben Sie es?" Gepresste Stimmen mag ich auch nicht. Ich drücke an meinem Handy herum und die App will mich Comfort einschecken. Was immer das ist. Comfort und Bahn – passt nicht.

„Ach, jetzt hat er es genommen!" Die Zugdame ist froh, mir fällt ein Stein vom Herzen. Der Scanner glaubt mir, ich muss nicht auf freier Strecke aussteigen. Und jetzt kommt es: Aus dem Mund einer Mitarbeiterin des Unternehmens, das Verspätungsweltmeister ist, nette Mitarbeiter abschafft, dessen Toiletten zu riechen sind, bevor die Züge zu sehen sind, deren Klimaanlagen das Klima schonen, weil sie nicht funktionieren…

Also nochmal, ich bekomme einen guten Tipp: „Ihr Drucker hat nicht gut genug gedruckt. Die Druckqualität ist dann schlecht, da haben wir dann Probleme." Sagt es uns zieht ihres Weges. Mein Zug kommt 40 Minuten zu spät am Zielort an. Ich verpasse einen wichtigen Termin. Ich werde mir eine neue Bahn ausdrucken...

Eine Zuglee(h)re...

„Ach", sagen meine Freundinnen. „Zugfahren macht doch viel Spaß. Du musst nicht selber fahren, Du verfährst Dich nicht, Du kannst etwas essen und trinken... Also, als wir das letzte Mal nach Innsbruck gefahren sind, lief alles super. Was hast Du nur immer???"

Gar nichts habe ich. Ich fahre dienstlich. Kürzlich wieder morgens ins schöne Fulda. Es hält pünktlich ein fast leerer ICE. Normalerweise wären schon zwei Lügen in diesem Satz versteckt, aber, diesmal stimmt es. Die Menschenmenge spült mich in ein Großraumabteil. Fast leer. Ich will nur noch an einem aufgeregten Menschenpulk vorbei und warte geduldig zwischen zwei leeren Sitzen.

Vor mir wird es spannend. Sechs ältere Herrschaften in praktischen Windjacken und mit ordentlich gepackten Rucksäcken und Koffern stehen im Gang rum.

„72, 74, 69... Georg, Du sitzt da..." ein Weißhaariger dirigiert. Komplett humorlos. „Warte, warte, wir haben auch die 64 und die 66 reserviert, Moment, ich schau nach..." Der Zug fährt an. Hinter mir sind die Mitreisenden resigniert in einen anderen Wagen getrabt. Ich will aber wissen, wie es weitergeht.

Der Weißhaarige hat seine Frau dabei. „Hier", brüllt er plötzlich. Und zeigt auf eine junge Frau mit Kopfhörern. Die Einzige, die in diesem Großraumabteil sitzt. Ich sehe sie auch erst jetzt, sie schläft. Der Weißhaarige rollt mit seinem Koffer auf den Doppelsitz der jungen Frau zu. Und rüttelt sie: „Das haben wir reserviert", ruft er. Und zeigt wütend auf die Anzeige über den Sitzen. „Da, 64, stehen

Sie auf..."

Die junge Frau sagt gar nix, nickt und steht auf. Der Weiß-haarige trägt Gesundheits-Schuhe trappelt aufgeregt und prostatatrunken von einem Bein aufs andere. Er schubst sie fast aus dem Sitz, schiebt seine Frau in den Sitz und schreit glücklich: „Mutter, die 66 daneben ist auch noch Deins."

Ich bin total fasziniert. Stehe und staune. Er blickt mich spuckewütend an, wahrscheinlich fürchtet er, dass ich Mutter und ihm den Sitz streitig mache.

Mittlerweile hat er Mutter und die anderen vier Schäfchen um sich herum gesetzt. Also sechs von hundert Plätzen sind nun besetzt. Plus die junge Frau, die sich ganz weit weg geflüchtet hat. Aber sie hatte ja nicht reserviert. So-wie die weißhaarige Sitzpolizei.

Die vielen freien Sitze und der Weißhaarige überfordern mich. Ich flüchte in den nächsten Wagen und brauche fast bis Fulda, um mich für einen der vielen Sitze zu entschei-den.

Mach mal Pause...

Das passiert mir auch nicht alle Tage: Der ICE steht schon in Kiel bereit. Eine halbe Stunde, bevor es losgeht. Durchgefroren und dankbar springe ich rein. Mein Sitzplatz ist reserviert und frei, der Zug ist voll, pünktlich geht es los. Nichts schöner, als mit Kaffee und Zeitung aus dem Zugfenster ins weite Land zu blicken. Das hat was. Vor allen Dingen, wenn man weiß, dass man pünktlich zuhause ist. Hamburg wird erreicht. Der Zug wartet. Bestimmt auf den nächsten Zug.

„Meine Damen und Herren," so beginnt die Durchsage. Ich weiß schon nach einer Sekunde, dass etwas nicht stimmt. Der Zugführer klingt gallig. Ich bin eine versierte Bahnfahrerin und schließe Wetten mit mir ab. Was wird es sein: Ein Stellwerkschaden, ein Einsatz am Gleis, ein unpünktliche Fahrerwechsel, eine kaputte Heizung, ein Eisbär auf dem Klo???

„Meine Damen und Herren. Weil unser Servicepersonal eine ordnungsgemäße Pause machen muss, wird dieser Zug hier 20 Minuten Aufenthalt haben."

Das hat der jetzt nicht gesagt. Wir klatschen und toben alle. „Hat das jemand mitgeschnitten," ruft eine Frau. Festtagsstimmung. Das hatten wir alle noch nie. Schnell ergeben sich Gespräche und Kontakte. Die zwanzig Minuten werden zu dreißig und vergehen wie im Flug. Wir fragen uns, ob das Personal jetzt im Bahnhof shoppen geht? Oder irgendwo ein kleines Nickerchen macht? Es müssen ja auch lediglich 500 Fahrgäste transportiert werden. Da kann man ja noch schnell ein kleines Strickpäuschen einlegen…

„Leider werden unsere Anschlusszüge in Hannover wegen der ordnungsgemäßen Pause unseres Personals nicht erreicht. Ich möchte mich entschuldigen."

Der Zugführer klingt, als ob er sich den Mund mit Gallseife gespült hat. Aufgekratzt komme ich in Kassel an. Ich empfehle dem Personal eine kleine Stadtführung zu den documenta-Kunstwerken. Der Zug kann warten.

4. Mann i(s)st anders

Schmeckt´s?

„Schmeckt es Dir?" Erwartungsvoll lasse ich die Gabel sinken. „Ja, ganz gut", lautet die Antwort. Alle Alarmglocken in meinem Kopf schrillen. „Wieso, hat es Dir nicht geschmeckt?" Ich rücke ein wenig vom Tisch ab und setze mich in leichte Kampfstellung.

„Doch, sage ich doch, ganz gut!" „Ganz gut, aha." Es folgt eine kurze Pause. „Ganz gut heißt, es hat Dir nicht so geschmeckt wie sonst." „Wieso denn?", fragt er genervt, „ich sage doch, es hat geschmeckt." „Wenn es Dir WIRKLICH schmeckt, sagst Du das anders", schiebe ich nach und denke an die verlorene Zeit in der Küche.

„Mochtest Du die Avocados nicht?" „Avocados, waren die da drin?" Die erstaunte Gegenfrage bringt mich etwas aus dem Konzept. Gelassen bleiben, sagt mein Arzt, also, ich atme tief durch und versuche es noch mal. „Möchtest Du noch etwas?" „Nein, ich bin satt." „Du bist doch sonst nie satt? Willst Du nicht den Rest noch aufessen?" „Warum soll ich den Rest aufessen, ich habe doch gesagt, ich bin satt. Wo ist denn die Zeitung?" Nie wieder werde ich für diesen Mann auch nur irgendetwas auf den Tisch stellen. Nie wieder. Beschlossen und verkündet.

„Koch doch künftig selbst, dann weißt Du, was Du isst. Schön manschig alles durcheinander. Und aus der Dose. Da musst Du nichts schälen und hast kaum Arbeit..." schlage ich vor. „Ich habe doch gesagt, es hat geschmeckt. Wo ist denn die Zeitung?" „Tja, wenn Du mal aufräumen würdest, wüsstest Du, wo sie immer so liegt…"

„Magst Du Avocados überhaupt nicht?" Ein anklagender Blick von ihm: „Avocados, waren die da drin?" Der Tag war lang, auch für mich. „Du kannst doch gleich sagen, wenn Du die Dinger nicht magst. Dann muss ich mir keine Mühe damit geben," schlage ich vor. „Na ja, ich mag die eben nicht so, wie andere Sachen…" Ach! Wusste ich es doch! Endlich rückt er mit der Wahrheit heraus.

Schon ein wenig angeschlagen macht er weiter: „Nudelsalat mag ich lieber:" „Nudelsalat?" „Ja, Nudelsalat. So mit Mayonnaise…" Na klar, jetzt kommt sicher noch eine Geschichte aus alten Zeiten… „Mochte ich früher schon am liebsten," grinst der Avocado-Verweigerer. Zieht die Zeitung aus ihrem Versteck, lehnt sich zurück und vertieft sich in die Sportseiten. „Avocados sind gesund," schiebe ich nach. „Ich finde es ganz schön frustrierend. Da gibt man sich Mühe, stellt was Leckeres auf den Tisch und Du merkst es gar nicht. Und meckerst auch noch rum."

„Ich habe doch gegessen," verteidigt er sich, doch der Punkt geht an mich. „Aber wie?" „Wieso, wie denn?" „Sag doch nicht immer wieso, das kann einen ja verrückt machen?" „Wieso, ich hab Dir doch nichts getan?" So einfach kommt er mir jetzt nicht davon. „Du hast mir nichts getan? Ich habe den ganzen Nachmittag in der Küche gestanden! Ist das nichts!"

Beide Hunde verzichten auf ihr übliches Leckerchen nach unserem Essen. Sie verkriechen sich auf die Couch. Schlaue Tiere. Sehr sensibel. Es sind Hündinnen, kein Wunder.

„Du musst doch nichts zu essen machen. Wir können doch

auch Brote schmieren?" Guter Versuch. Hatte ich ganz vergessen. Er ist ein guter Brote-Schmierer. Alles schön exakt und in Ruhe. Meistens bin ich verhungert, bevor das erste Brot auf den Tisch kommt. „Manchmal will ich auch etwas Warmes", empöre ich mich und schieße lodernde Flammen quer über den Tisch. „Dann ist es ja gut, sagt er unerschütterlich. Dann hast Du es ja heute richtig gemacht." Jetzt wird es bunt. „Wieso weißt Du, was richtig oder falsch ist und was ich machen soll", frage ich lauernd. Wieder dieser Unschuldsblick-Blick: „Habe ich doch gar nicht getan!" „Doch, hast Du. Jetzt willst Du auch noch bestimmen ob das alles richtig ist, was ich so koche!"

„Haben wir irgendetwas zum Nachtisch?", die dreiste Frage ist ein Schlag in meinen mittlerweile verstimmten Magen. „Ich denke, Du bist satt?" „Ja, aber ein bisschen Appetit habe ich noch. Vielleicht einen kleinen Joghurt?" Na gut, ich will nicht streiten. „Ich habe einen Schokoladenpudding gemacht. Mit Mandeln." Ein treuherziges „Ach" macht mich stutzig. Er legt nach: „Nicht so viel". „Du isst doch sonst ganze Schüsseln???" „Ja, aber Vanille-Pudding. Ich mag das nicht so auf Mandeln in Puddings herumzubeißen…" spricht es und vertieft sich wieder in seine Sportseiten.

An denen er fein säuberlich, ohne hinzusehen löffelweise Pudding vorbei zum Munde führt. „Schmeckt's?", frage ich fröhlich. „Interessant", murmelt er und die Hunde machen Männchen. Wütend darüber, dass ihr Trockenfutter gerade im Schokoladenpudding versenkt wurde.

Zum Anbeißen geboren

Neben mir passiert es wieder. „Kann ich mal probieren?" Eine vertraute Frage. Ich blicke mich verstohlen um. Hinten links in der kleinen Pizzeria habe ich die Fragerin ausgemacht. Eine sehr schlanke, mittelalte Dame, die mit einem grauhaarigen Herrn bei Kerzenlicht speist. Und wieder sieht der Tatort so aus, wie ich es mir vorgestellt hatte: Vor ihr ein bunter Blattsalat, mit Radicchio, Eisberg, Feldsalat und Rauke-Blättern. Daneben ein Weißburgunder oder neudeutsch: „Pinot Grigio" und eine Liter-Flasche Wasser. Natürlich feinste In-Marke.

Auf seinem Teller hingegen macht sich eine Pizza groß und rund. Noch wirft der Käse blubbernd heiße Blasen, die Mettwurst versinkt im Teig und die Tomatensoße ist vor lauter Belag nicht zu sehen. Er hat alles genommen, was Küche und Pizza-Angebot so hergeben. Und, er langt kräftig zu.

Unterbrochen von der schüchternen Frauenfrage: „Kann ich mal probieren?" „Bestell Dir doch auch eine Pizza", grummelt er ganz freundlich und verbannte die fettigen Käse-Spuren aus seinem Gesicht. „Die haben hier noch mehr davon..." Spricht und bestellt „Gino, noch ein großes Helles".

„So eine Große schaff ich nicht allein", spricht seine Frau und verweist außerdem noch anklagend auf die Hüften und den engsitzenden Pullover. „Wieso, Du siehst doch klasse aus", murmelt er und reicht die Gabel seufzend über den Tisch.

„Schmeckt wirklich gut", lobt die Gattin, „kann ich noch

ein Stück mit Mettwurst…"

„Aber, Du magst doch sonst keine Mettwurst", wundert sich das spendable Gegenüber und sieht hilflos zu, wie die Reste seiner Pizza sich über den Tisch hinweg selbstständig machten.

In der rechten Restaurant-Ecke verteidigt sich gerade ein Ehemann auf süßem Beutezug: „Doch, ich bestelle Tiramisu!" „Wie Du meinst", bekommt er von seiner Tischdame zur Antwort. „Ich nehme einen Obstsalat. Ohne Sahne!" „Das schmeckt Dir doch nicht", versucht er es zaghaft. „Doch, und es ist gesund", bleibt die Dame standhaft. Alles weitere ist eine Geschichte mit zwei Gabeln. Und ein klarer Fall von Mundraub.

Trost-Essen

Wenn ich keine Zeit habe, keine Lust und großen Hunger, dann muss es diese Spaghetti mit der roten Soße und den künstlich schmeckenden Kräutern geben. Ich liebe sie. Ebenso wie den dazugehörigen Parmesan im Tütchen. Er schmeckt zwar wie erbrochene Migräne, aber, er gehört dazu. Dazu gehört auch, dass immer zuwenig Nudeln in der Packung sind. Zeigt mir die Fernsehwerbung doch mindestens sechs schöne Menschen um einen runden Tisch, die sich alle an einer Packung meines geliebten Trostgerichtes laben.

Völliger Unsinn. Manchmal reichen die fünf bis sechs Personen nicht für uns zwei zuhause. Trotzdem. Ich brauche regelmäßig Spagetti mit genau der roten Soße, genau dem Parmesan und genau in diesen Mengen. Also lagert so eine freundlich-gelbe Packung immer bei uns im Schrank. Eines Abends nun bin ich sehr lange im Büro. Und bis auf den Computer ist das Büro leer. Keine Kekse, viel Kaffee, keine Brötchen, nichts.

Ich rufe in meiner Not und mit viel Hunger den Koch zu Hause an, und verlange nach der gelben Nudel-Packung. Er verspricht, das unkomplizierte Gericht in 20 Minuten auf dem Tisch zu haben. Ich könne kommen, und müsse mich um nichts kümmern. Herrliche Aussichten. Schnell noch zusammengeräumt und gepackt und ab an den Spaghetti-Tisch. Schon in der Haustür merke ich, dass etwas nicht stimmt. Meine Trostsoße riecht anders als sonst. Beunruhigt ignoriere ich die tanzenden Hunde und den Koch und eile in die Küche. Nichts. Die Nudeln kochen. Die

Soße spritzt rot vor sich hin. Ich setze mich gespannt an den Tisch, wir zünden die Kerzen an, und, es kann losgehen. Die Nudeln, wie immer ein wenig verkocht, machen es sich auf meinem Teller bequem. Bergeweise. Dann kommt die Soße. Und das Entsetzen. Die Soße klumpt ganz fürchterlich. „Die Packung war schlecht", rufe ich entgeistert. Das ist nun wirklich noch nie vorgekommen. Mein Magen krampft sich zusammen, doch mein Gegenüber bleibt ruhig. „Nein, das sind die Muscheln." „Was für Muscheln," höre ich mich sagen, und ahne das Allerschlimmste. „Ich habe die Soße damit verfeinert", klingt es stolz durch die Wohnung und die Hunde klappen die Ohren ein.

„Du hast was?!?" Mein Entsetzen kennt keine Grenzen. Ich hasse Muscheln. Ich hasse es, wenn man meine Fertiggerichte verfeinert und ich flippe aus, wenn mein Lieblings-Trostgericht nicht immer gleich künstlich schmeckt. Ich wünsche mich in die idyllische Fernsehwerbung und weine leise vor mich hin. Während neben mir ungerührt gekaut wird. „Schmeckt lecker", lautet der selbstbewusste Kommentar. „Ich kann doch kochen, weiß gar nicht, was Du immer hast." Mutlos verteile ich den Migräne-Parmesan auf meinen Spaghetti und denke über Trennung nach.

Schöne neue Welt

„Er hat das alles allein gemacht. War super." Meine Freundinnen tuscheln. Stecken die Köpfe zusammen und besprechen Wichtiges. Ich fühle mich etwas ausgeschlossen. Nun gut. Irgendwann habe ich es vergessen. Wir trinken weiter Kaffee. Doch in den kommenden Wochen kommt es immer öfter vor. Ich treffe mich mit Freundinnen und plötzlich sitzen zwei, drei zusammen und schwärmen.
„So sauber." „Was machst Du mit ihm am liebsten?" Langsam kommt mir das echt komisch vor. Ihre Augen glänzen. Ich habe den Eindruck, sie haben einen Club gegründet. Sind einer Sekte beigetreten. Zettel werden ausgetauscht.
„Mein Leben hat sich durch ihn total verändert", höre ich mit halbem Ohr von Claudia.
Bin aber dann wieder abgelenkt, es geht mit normalen Themen weiter. Beim nächsten Treff wird es schon spezieller. Angeblich hat sich sein Preis total gerechtfertigt und er sieht superschön aus. Modern und funktional. Und die anderen habe man dafür entsorgt. So langsam wird mir ganz blümerant. Die Damen werden doch nicht von ihren Ehen oder Ehepartnern reden? Und was hat es mit dem Preis so auf sich? Bahnbrechende Veränderungen haben zwar immer ihren Preis, aber trotzdem...
Es kommt noch besser. „Ich zeige Euch, wie er funktioniert", ruft Claudia und lädt zum speziellen Frauenabend ein. „Wenn ihr Einen wollt, müsst ihr aber warten können. Und wenn man Zwei nimmt, gibt es den 28. umsonst" So ist das mit der großen Liebe, denke ich. Die Spannung steigt, alle sagen zu und haben schon wieder glänzende

Augen. Ich kann kaum noch an mich halten. „Wie heißt denn Dein neuer Freund, meine Güte, dass muss ja Supermann sein", freue ich mich.

Ich blicke in verständnislose Gesichter. Dann bricht Gelächter aus. Keine will mir sagen, was mich in zwei Tagen erwartet.

Ich stehe aufgeregt mit einem Blumenstrauß vor Claudias Tür. Die anderen Drei haben merkwürdigerweise Plastikdosen mit Gemüse oder Obst dabei. Claudias Mann Claus macht strahlend die Tür auf. Ich verstehe seine Begrüßung allerdings nicht, weil im Hintergrund eine Kettensäge agiert und offenbar das Badezimmer eingerissen wird. „Klaus", ächze ich, „wollt Ihr mir Eure neue Baustelle zeigen?"

„Baustelle", brüllt Klaus, „nein, komm erstmal rein." Die Wohnung sieht völlig normal aus. Der Lärm hört auf. Claudia kommt gutgelaunt um die Ecke. „Die Suppe ist fertig. Hat er fast allein gemacht..." Ich staune. Sie zieht mich in die Küche. Stolzer könnte ein Porschebesitzer auch nicht sein: Da steht er, der Neue. Vorname Thermo, Nachname Mix.

Gestatten: Thermomix.

Umringt von all meinen Freundinnen, die Gemüsestücke in ihn hineinschmeißen, pürieren, mixen, dampfgaren und kochen lassen, mache ich eine neue Bekanntschaft. Er kann alles. Laubsaugen, aufräumen, Babys wickeln, bei Liebeskummer trösten, Socken stopfen... Alles. Außer leise. Meine Ohren fliegen durch die Küche und ich sehe das Glänzen in den Augen. Ich bin perplex. „Und ich dachte schon, es handelt sich um eine neue große Liebe, der ihr verfallen wärt", freue ich mich erleichtert. „Ja und, was dagegen?", fragt Claudia. Nein, nein. Alles gut. Aber ich bleibe bei meinem kleinen, alten schwarzen Küchenmesser. Unruhig hat es schon in der Schublade gerappelt. Bereit ganz schnell alle modernen Geräte an die Wand zu schälen, und mich zu schneiden. Ich kann es nicht betrügen...

Einmal Torte ohne Worte...

„Ich glaube ich nehme nur einen Latte Macciato. Haben Sie auch Süßstoff?" Damit ist alles klar. Der gemütliche Nachmittag im Café würde zumindest auf einer Seite des Tisches ein kalorienarmer sein. Es kostet mich ziemlich viel Mühe trotzdem aufzustehen, und an der Kuchen-Theke einen schönen Käsekuchen auszusuchen. „Na, kannst Du Dir das leisten...", neckt mich die schlanke Frau mir gegenüber, und erzählt von ihren neuesten Versuchen abzunehmen.

Böse Dinge werden mir da geschildert: Versteckte Fette, Sahne und schädliche Kohlenhydrate starten täglich schlimme Angriffe auf die schlanke Silhouette. Langsam wird mir ein wenig mulmig. Anfangs habe ich meine Gabel noch mit gutem Appetit in meinem sahnigen Käsekuchen versenkt, doch meine Kuchen-Meditation unterbricht ein „Und stell Dir vor, Eier landen direkt auf den Hüften." Ich überlege kurz, wie viel Eier in meinem Käsekuchen stecken, und seufze mich tief in alte Zeiten zurück.

Früher, bei uns zuhause wäre niemand auf die Idee gekommen, Torten-Kalorien zu zählen. Zu Geburtstagen und Festtagen gab es Kuchen und Torte. Immer. Und immer die mit Buttercreme, Sahne, Quark, „guter Butter" und ganz vielen Eiern von Hühnern, die noch Namen trugen. Mein Geburtstagswunsch war immer unumstößlich Buttercremetorte. Mit einem zarten Mürbeteigboden, dann selbstgemachte Erdbeermarmelade, dann ein lockerer Bisquit-Boden, eine Creme aus Pudding, Zucker und Butter, wieder Bisquit, wieder Erdbeer, wieder Creme. Obendrauf, wahlweise nach Alter, Gummibärchen oder Kaffee-Bohnen aus Mokka-Schokolade.

„Meine Lieblingshose hat mir Weihnachten nicht mehr gepasst, ich muss wirklich mehr für mich tun," plaudert meine Freundin und rührt den Süßstoff in ihrem Latte Macciato hingebungsvoll hin und her. Eigentlich ist sie doch eine ganz vernünftige Frau, sinniere ich, und tauche wieder ab in Kuchenträume.

Von der Buttercreme-Torte blieben nach Geburtstagen immer Stücke übrig. Die aß ich am liebsten kalt aus dem Kühlschrank, morgens, vor der Schule. Trockenen Kuchen hatten wir auch immer im Haus. Entweder Marmorkuchen oder Rührteig mit einer Makronenhaube verziert. Meine Mutter probierte ständig neue Rezepte aus. Ich durfte Löffel ablecken ohne an Salmonellen oder Kilos zu denken, ich war die Königin der Kindergeburtstage, weil ich einmal zwölf Stück Obsttorte geschafft hatte. Kaum vorstellbar außerdem, wie viel rohe Streusel ich aus Butter, Mehl und Zucker gegessen habe.

Bei Familienfesten wurde nicht ein kleines Stück gegessen. Es wurde zugelangt. Und verglichen, die Frauen tauschten Rezepte aus „Nee, mit Margarine schmeckt das nicht". „Du musst das mal mit Vanille-Pudding probieren". „Der Boden wird nicht feucht, wenn Du ihn mit Kuvertüre bestreichst".

Ich lauschte und schleckte, probierte gedeckten Apfelkuchen, saftigen schlesischen Mohnkuchen vom Blech mit Streuseln, ich liebte Bienenstich mit Pudding-Füllung, Käsekuchen und Baiser-Torten in jeder Form. Vom Afritzer Früchtekuchen, einem Rührteig mit Dosenfrüchten hätte ich mich ausschließlich ernähren können, am liebsten mit

Sahne und davon auch noch etwas in den Kaffee.

An den Kaffeetischen meiner Kindheit war es warm und gemütlich, der hohe Zucker und Sahnegehalt löste die Zungen, es wurde gewispert und gelacht, Geschichten wurden erzählt und jeder wurde gedrängt, alles zu probieren.

Meine Mutter und meine Oma schnitten Tortenstücke, die auch die Jungs zufrieden stellten. Die Jungs, das waren vier schlanke Brüder meiner Mutter, die einiges vertragen konnten. Ein angeheirateter Onkel kam immer zu spät zum Kaffee, wurde aber gern gesehen, weil er grundsätzlich alles aufaß, was übriggeblieben war. Alles begleitet von Lobeshymnen auf die Bäckerinnen.

„Ich glaube, ich esse noch ein Stück Käse-Sahne erschrecke ich meine Freundin zu Tode", die sich mühsam an ihr stilles Wasser klammert. „Und Dein Cholesterin?", fragt sie mit dünnen Lippen, „alles in Ordnung?" „Alles in Ordnung", beruhige ich sie, und wünsche mir meine dünnen Kinderfreundinnen zurück. „Was gibt es zu essen?", riefen wir, aufgelöst vom Ballspiel, und verdrückten massenhaft Erdbeerbrote, die unsere Mütter uns schmierten. Sachverständig tauschten wir uns über unsere backenden Mütter und Omas aus. Meine Mutter stand ziemlich hoch im Kurs. Ihre Weihnachtsplätzchen hatten die saftigsten Füllungen, ihr Kuchen schmeckte immer. Von fettarmer Bäckerei hält sie nicht viel „Dann muss ich gar nicht erst anfangen, das schmeckt doch nicht", lautet die Standard-Antwort, falls ich mal nachfrage.

Schließlich ist es nicht immer einfach, zu den eigenen kalorienreichen Genüssen zu stehen. „Hörst Du mir eigentlich zu?", werde ich gerade freundlich von meinem

Gegenüber gefragt. „Natürlich höre ich zu", antworte ich mechanisch und erlaube mir noch ein paar Kuchengedanken. Denn Kuchen beruhigt die Seele, bei unseren lauten Familienfesten wurde das Auftragen der Torten von „Ahs" und „Ohs" begleitet, und niemand verfiel mit einem Stück Sahnetorte auf der Kuchengabel in Streitereien um Politik oder ums Erbe.

Das passierte später, wenn der Kartoffelsalat mit Mayonnaise und Würstchen gegessen war. Früher habe ich gegessen was mir schmeckte, soviel ich wollte und so oft ich wollte. Später dann ereilten mich die superengen Jeans, die Frauenzeitschriften und die diversen Diät-Vorschläge. Keine Freundin mehr, mit der ich drei Stück Marzipantorte verspeisen und dabei dreißig neueste Liebesgeschichten austauschen konnte. „Hat es geschmeckt", holt mich die Frage meiner Kaffee-Partnerin in den Nachmittag zurück. „Ja, der süße, cremige, kalorienhaltige Kuchen hat mir gutgetan, hat sich um meine Seele gehüllt", antworte ich ihr. Verblüfft schaut sie mich an.

„Ich habe einen Weihnachtswunsch für nächstes Jahr", verrate ich ihr. „Ich möchte mit meinen Freundinnen im Café sitzen und Buttercremetorte essen. Und alle rühren Zucker in den Kaffee, bestellen ein zweites Stück und vielleicht auch ein drittes. Keine hat eine Kalorientabelle und eine Rechtfertigung dabei!" „Du bist eine Träumerin", lacht die Süßstoff-Frau: „Das wäre ja wie im Märchen."

Keks ist nicht gleich Keks

Ich bin zum Kaffee eingeladen. Und es gibt Kekse. Alte Weihnachtskekse aus dem vergangenen Jahr. Und dann noch Spritzgebäck. Mal mit angelaufener Schoko-Glasur, mal ohne. Schmecken immer gleich. Meine Zähne werden lang, mein Mund ist staubig. Auf den Tellern türmt sich kiloweise Spritzgebäck.

„Wir machen immer so viele Kekse, die Kinder essen sie so gern," sagt meine Freundin. Ich habe nie gern Spritzgebäck gegessen. Lieber einen Apfel oder gar nix. Aber keine Spritzgebäck. Schon als Kind fand ich diese Kekse langweilig. Ein Gebäck für alle, denen nichts einfällt. Macht relativ wenig Arbeit. Gilt aber als Weihnachtskeks. Und will ernstgenommen werden. Anstandshalber esse ich drei komisch geformte Kekse. Beim Spritzgebäck schmeckt der Teig nur roh, finde ich. Wenn überhaupt.

Aber, das was neuerdings als Weihnachtskeks daherkommt, das geht irgendwie auch nicht.

Für mich zählen Vanillekipferl, Makronen, Lebkuchen, Dominosteine und Bethmännchen zum Weihnachtsgebäck. Ein selbstgemachtes Lebkuchenhaus mit Zuckerguss war für mich als Kind das höchste der Gefühle. Neuerdings wird das aber alles verfeinert, konditort und aufgebrezelt. Wenn ich einfache Rezepte suche, gibt es die nicht mehr. Kekse mit Haselnuss haben jetzt keine Haselnüsse mehr intus, sondern Macadamia oder Pekan. Teuer und habe ich meistens nicht im Haus. Will ich Johannisbeergelee auf Mürbeteigplätzchen geben, soll es plötzlich lieber Granatapfel mit Feige sein. Kurkuma, ein bisschen Curry und natürlich Safran sollte auch im Haus sein. Zweistöckig ist nix mehr, dreistöckige Kekse sind der Hit. Die Dinger heißen auch nicht mehr Keks wie bei Krümelmonsters, sie sind jetzt kleine Weihnachtsspezialitäten mit Karamellfäden und Goldglitter. Das Lebkuchenhaus bekommt einen Guss aus Stevia und feinste Trockenfrüchte zum Abknabbern... Mir wird immer ganz schwindlig, wenn ich solche Rezepte lese: Woher soll ich denn all die exotischen Zutaten holen und wie lange soll ich an einem Schokotürmchen mit flüssigem Karamellkern so bauen?

Die Kekserei vor Weihnachten nimmt ungeahnte Ausmaße an. Makronen aus Kokosnuss und Zucker mit Eiweiß, Zack auf die Oblate? Gibt's nicht mehr: Luftige Macarons werden gebacken, mit Lebensmittelfarbe bunt gemacht. Ganz ungiftig. Aber so hübsch französisch. Dann gibt es dass alles noch ohne Gluten, ohne Zucker, mit Mandelmus und Mandelmehl, mit Agavendicksaft und mit einem Hauch Champagner. Ich bin raus.

Wenn es das einfache Spritzgebäck nur bis Weihnachten gibt, geht es ja. Aber ab dem 25.12. mache ich Diät. Keksdiät. Kein Keks nach Weihnachten. Keine Kekskunst vor Weihnachten.

Wahl ist Qual

Ich will nur schnell ein paar Brötchen kaufen. Vor mir eine Frau mit Kuchenwunsch. „Haben Sie Apfel-Streusel"? Sie fragt hoffnungsvoll die nette Verkäuferin. „Tut mir leid. Wir haben Schoko-Streusel, Rhabarber-Streusel, Kirsch-Streusel, aber heute leider nichts mit Apfel-Streusel."
Die Dame vor mir überlegt lange. „Na gut, dann nehme ich Bienenstich."

5. Paare Pari

Das Schmutz-Gen

Männer sind anders als Frauen. Keine neue Erkenntnis, aber deshalb nicht weniger wahr. Da ist zum Beispiel die Sache mit dem Schmutz-Gen. Ich bin fest davon überzeugt, Männer haben es nicht.

Neulich komme ich entnervt nach Hause. Der Tag ist denkbar schlecht gelaufen. Ich habe in Konferenzen gesessen, die unnötig waren. Im Supermarkt wieder an der Kasse mit der längsten Warteschlange angestanden. Hibbelig. In dem Wissen, dass zuhause endlich mal geputzt und aufgeräumt werden muss. Der Staub in den Bücherregalen führt schon lange ein Eigenleben...

Ich hoffe, ER ist schon da, und hat mit irgendetwas angefangen. Sich vielleicht der Unordnung erbarmt.

Mein Flehen wird erhört. Die Wohnung ist hell erleuchtet. Ich klingele hoffnungsfroh, die Hunde bellen, niemand macht auf. Die Einkaufstüte droht zu reißen, ich finde den Haustürschlüssel nicht. Keiner öffnet.

Als ich endlich den richtigen Schlüssel in den Tiefen meiner Handtasche gefunden habe, schleppe ich mich mit letzter Kraft in die Wohnung. Die Hunde begrüßen mich euphorisch. Der Mann ist verschwunden.

Die Wohnung scheint unberührt. Unberührt und ungeputzt. Unaufgeräumt. Ich wandere ins Wohnzimmer und sehe ein schönes Bild: Er sitzt friedlich mit Kopfhörer im

Sessel und entspannt sich. Mindestens schon zwei Stunden, rechne ich nach.

Nicht gleich schreien, denke ich diplomatisch. Und begrüße ihn erstmal. „Warum hast Du nicht schon mal geputzt und aufgeräumt", frage ich mühsam beherrscht. „Und die Hunde haben auch auf die Decken gekotzt... Hast Du das nicht gesehen?"

„Tatsächlich", das Erstaunen klingt echt.

Genau. Das Schmutz-Gen fehlt. Das gibt mindestens fünf Dioptrien weniger Sehschärfe als bei Frauen. Und 1000-Mal mehr Muße.

Blumen-Amnesie

Manche Männer sind tolle Schenker. Auch tolle Blumen-Schenker. Allerdings lassen sie sich oft alles andrehen was weg muss oder nach Friedhof aussieht. Zumindest in meinen Augen. Deshalb befinde ich mich in einem Dauer-Biologie-Kurs. „Was ist das für eine Blume?" fragte ich einmal einen Begleiter.

„Tulpe," erklingt es stolz. „Tulpe, im Winter?" Ich bin etwas fassungslos, denn ich habe eine riesige Amaryllis in der Hand. Zweiter Versuch. Tulpe stimmt nicht.

„Rose", kommt es wie aus der Pistole geschossen. Ich stelle mir vor, wie eine geschäftstüchtige Verkäuferin ihm einen Strauß Nelken als teure rote Rosen verkauft. „Es ist eine Amaryllis", sage ich streng. „Sag ich doch, eine Blume", lautet die Antwort.

Auf Maiglöckchen blickt er angestrengt und konzentriert sich: „Krokus?" Nun ja, die Jahreszeit stimmt fast. „Wenn ich mal tot bin...", sage ich.

„Ich weiß, dann pflanze ich Hornveilchen aufs Grab, Deine Lieblingsblumen...", trällert er fröhlich. Komisch, das hat er sich gemerkt...

Abhörskandal

„Ist doch unglaublich, wieviel die heutzutage verlangen. Das Kind ist völlig überfordert. Wenn die Professoren all diese Scheine machen müssten und diese Prüfungen hätten…" Die Frau, aus deren berufenem Mund diese Einschätzung stammt, unterhält sich nicht etwa mit uns. Nein, sie sitzt drei Tische weiter im Restaurant meines Lieblingshotels an der Nordsee und schaut sich beifallheischend um. Und redet auf einen älteren Herrn im Strickpullover ein. Alles deutet darauf hin, dass es ihr Mann ist. Auch der leicht genervte Ausdruck in seinem Gesicht.

Sie schaufelt sich Bratkartoffeln auf den Teller und referiert mit sägender Stimme weiter…, und meine Erkältung wird immer schlimmer. Ich dachte, an der Nordsee hört das auf. Lautes, keuchendes Husten. Der Raum ist voll. Die Tische stehen eng.

„Vielleicht brauche ich noch ein Antibiotikum. Kann sein, dass es immer noch Grippe ist. Hoffentlich stecke ich Dich nicht an." Röhrendes, nicht enden wollendes Husten. Nun gut. Das Restaurant ist informiert.

Ich bemühe mich krampfhaft nicht an fliegende Grippeviren zu denken, und ein eigenes Gespräch anzufangen. Nicht ganz einfach. Mittlerweile kenne ich die Familienverhältnisse der Dame: „Und Klausi könnte sich auch mal um Mutti im Pflegeheim kümmern".

„Hans, haben wir meine Herz-Tabletten dabei?" Ich leide mit ihr. „Nee, der Grünkohl war zu fett. Meine Galle meldet sich wieder…" Hans blickt stoisch vor sich hin und antwortet ab und an mit sonorem Bass: „Dann iss doch nicht so viel. Den Klausi nehme ich mir mal zur Brust und Mutti muss auch mal ohne uns auskommen." „Lass uns nach oben gehen", trötet sie weiter, „gleich kommt die Tagesschau." Oh bitte geh, denke ich und versuche die Ohren zuzuklappen, oder wahlweise mit meinem Gegenüber ein Gespräch zu führen.

Die anderen Gäste stellen die Uhren schon vor, um die Tagesschau früher beginnen zu lassen – und endlich ein wenig Ruhe zu haben. Doch weit gefehlt. Kaum sind meine schreienden, hustenden Freunde verschwunden, werden sie vom nächsten Lautsprecher-Pärchen ersetzt.

Das Leisereden ist ziemlich aus der Mode gekommen. Das Elend hat wahrscheinlich in Zügen und mit Handys seinen Anfang genommen. Da werden die Lautsprecher geschult.

Ich glaube, die Deutsch Bahn veranstaltet fast unbemerkt von der Öffentlichkeit Lautsprecher-Kurse. Zum Beispiel in engen Sechser-Abteilen. So Knie an Knie. Man riecht, was der andere gegessen hat, man sieht wo und wie er gegessen hat und man hört es: „Kati, Hallo, Schatz! Ja, bin im Zug. Ja, keine Frage. Nee, hat keine Verspätung. Du, ich würde gern Pizza essen. Super – in zehn Minuten bin ich da. Tschüss und Kuss." Triumphierend schaut sich Katis „wer auch immer" um. Und wählt nochmal: „Du, bin in fünf Minuten da. Lass uns doch zum Griechen gehen. Ja. Bin in Wagen 6."

Auf dem Bahnsteig steht Kati – die beiden begrüßen sich und wandern schweigend und irgendwie lustlos davon... Alles schon am Handy erzählt? Ich weiß es nicht.

Was ich weiß, ist das ich sehr viel von Wildfremden weiß. Da werden Pin-Nummern geschützt, vor Bankautomaten wird Sicherheitsabstand gehalten, Adressen werden nicht mehr ins Telefonbuch geschrieben. Alles prima: Aber ich weiß von Mutti im Pflegeheim – die Kinder sind in Urlaub. Und die Wohnung von Kati und ihrem Lautsprecher steht heute abend leer, man isst beim Griechen. Ich könnte Mausi die Herztabletten klauen oder sie in der Lungenfachklinik anmelden. Egal: Ich erfahre viel über meine Mitmenschen, ganz ohne zu fragen. Völlig legal und ohne Abhörskandal.

Alt und gar nicht weise...

Noch eine Bahnhofs-Beziehungsgeschichte: Das ältere Ehepaar neben mir wartet auch auf den Zug aus Hamburg. So ein nettes, ziemlich älteres Ehepaar. Weißhaarig. Ordentlich beschriftete Koffer. Beide in diesen beigen Wind(-Jammer)-Jacken.

Wo gibt es eigentlich immer dieses hässliche Beige? Diese gruseligen Rentner-Popeline-Jacken? Schrecklich. Möglichst noch lindgrüne Popeline-Hosen dazu und, farblich passend, ein aufmunterndes braunes Tuch. Farben und Kleidung, die alles mitmacht. Wandertouren, Zugtouren und kotzende Enkel. Lebensbejahendes Beige und unkaputtbare Stoffe... Praktisch. Macht alt.

Ich bin gegen Rentner-Beige und Popeline. Und für ältere Menschen in schönem Tuch und schönen Farben. Nun gut. Das reizende alte Paar überlegt neben mir laut. „Wo bleibt denn der Zug?", fragt er sich. „Kommt gleich. Hat ja noch sechs Minuten," sagt sie. „Der hält aber auch Vier. Wahrscheinlich verspätet," antwortet er. „Vier, Zwei," kontert sie. „Der hält vier Minuten," beharrt er. „Zwei Minuten." Sie wird schon lauter.

Ich lege mein Smartphone beiseite. Das wird jetzt richtig interessant. Mittlerweile ist alles Nette aus den Stimmen verschwunden. „Du mußt es ja wissen," sagt sie. Er macht weiter. „Vier Minuten, alle Züge, immer." „Ist gut," keift sie. „Ist schon gut." „Glaub mir doch," wütet er bockig. „Du weißt es alles besser." „Ich weiß", redet sie sich den Frust der letzten 50 Jahre von der Seele. Nun ist kein Halten mehr.

Von wegen Harmonie und Rentner-Beige, die Gift-Spucke fliegt schon in meine Richtung. Ich gehe in Deckung und höre den Frust all der Ehe-Jahrzehnte. „Vier!" „Zwei!" Als ich gerade überlege, ob ich vielleicht schlichten soll, sagt sie: „Du hast Recht. Wie immer. Und am Ende stehste im Dunkeln..."

Ruhe, Ende der Debatte. Der Zug hat 55 Minuten Verspätung. Ich schlendere auf und ab und schaue nachdenklich auf mein Großeltern-Paar. Sie schweigen sich drohend an. Er hat einen Stock, sie ist klein und knittrig. Doch das Beige passt nicht zu Ihnen. In ihren Herzen sind sie jung genug, um immer noch leidenschaftlich zu streiten... Irgendwie tröstlich.

Mit ohne Löffel...

Neulich in der Eisdiele. Das Paar kann sich nicht einig werden. „Was darf es sein?" fragte der Eisverkäufer hinter der Theke. Die junge Frau und ihr Freund bitten um Bedenkzeit. Gehen an der Theke auf und ab. Mustern das Eis. Beraten sich leise. Wortfetzen erreichen mein Ohr:
„...oder Vanille, Schoko und Erdbeer- oder Zitrone und Sahne-Kirsch? Ich nehme in jedem Fall Waldmeister." Das Gespräch gestaltet sich wie ein Poker um Aktien. Ein Eis-Krimi... Was, wenn eine falsche Entscheidung gefällt wird? Wäre das wieder gutzumachen? Waldmeister statt Erdbeere. Ein Drama! Schlimmer, als der Klimawandel. Geschmolzen ist schließlich geschmolzen. Die Mienen der Beiden werden immer ernster. Die ganze Weltkugel Eis lastet auf ihren Schultern.

Ich erwarte eine Riesenbestellung. Hinter ihnen eine kleine Schlange. Der Mann entscheidet sich zuerst: „Eine Kugel Vanille und einmal Erdbeere – nein – lieber Waldmeister." „Also zwei Kugeln?" „Ja, im Becher bitte. Mit Waffel." Sie setzt auf die kalorienärmere Variante. „Einmal Melone und einmal – Mango, in der Waffel."

Noch im Gehen diskutieren beide ernsthaft, ob Schoko-Nuss auch eine Variante gewesen wäre. Ja, denke ich. Aber dann ohne Schoko und mit viel ohne Nuss, im Becher, mit Erdbeeren und ohne Krokant, und einen gelben Löffel, oder?

Beziehungs-Navi...

„Kein Problem, ich habe ja das Navi." Der Mann liest keine Karten. Er macht sich auch nicht klar, wo er hin will. Er hat ja ein Navi! Ich nicht. Ich will auch keine quäkende Frauenstimme, die mir sagt, wo ich hinfahren soll. Warum bespricht Henning Baum keine Navis? Oder George Clooney? In jedem Fall fühlt ER sich sicher. Wer hat, der hat. „Halt doch mal an und frag den älteren Mann...," schlage ich vor, als die Navi-Stimme uns mitten in Nordhessen in die Sackgasse schickt. Der Blick den ich ernte, ist trennungsbereit. „Wieso?" Meine Lieblingsfrage. „Wieso nicht?"
Seine Lieblingsfrage. „Weil ich ein Navi habe..." „Wir sind aber falsch." „Nein, diese Baustelle kannte das Navi nicht." „Dann frag doch den Mann..." Er dreht die Klimaanlage bis auf Anschlag, im Auto haben wir bereits das Windkunstwerk aus dem Fridericianum. Die documenta hat ihn da sicher inspiriert. „Dann lass mich fragen", schlage ich vor. Er hält nicht an. Fragen ist unter seiner Männerwürde. Wo kämen wir denn da hin?
Vielleicht ans Ziel und Schlimmeres. Ohne Navi, das geht nicht. Die Navi-Tante wird wieder demokratisch in unseren Entscheidungsprozess eingebunden. „Wende und fahr in Richtung Bürgerhaus", sage ich. „Bitte in 201 Metern wenden, nach 50 Metern links, dann rechts", quakt sie. Wie immer hört er auf die andere Frau. Bedingungslos folgt er ihren Anweisungen. Ich überlege, was meiner Karriere als Navi-Sprecherin eigentlich im Wege steht? Schnell lasse ich mein Fenster nach unten sausen: „Wo geht´s denn hier

nach Homberg", rufe ich dem älteren Herrn zu. „Bin neu hier", murrt er zurück. „Was fragst Du auch", knurrt es neben mir. Und füttert sein Navi mit Daten. „Das kostet doch auch Zeit, in der Zeit haben wir den Weg erfragt", werfe ich ein. „Lass sie links liegen, bieg vom rechten Weg ab und schmeiß sie in 100 Metern raus", plärrt die Navi-Tante. Und blinkt verführerisch rot-grün. Er folgt der Sirene.

Von merkwürdigen Zweibeinern

„Die sind ja Frühstück für meinen!" Was für eine lustige Idee! Der Mann auf dem Gehsteig redet von meinen Chiahuahuas, die sein Schäferhund verspeisen könnte… Ich überlege noch, ob Blicke wirklich töten können, da merkt er langsam, was er sagt. „Ich mein ja nur…, weil die so klein sind?"

Ja hallo, was ist denn mit kleinen Männern? Ich meine, ich bin 1,84 Meter groß und habe winzige, liebe Hunde. Wieso haben die kleinen, 1,60 Meter großen Männer eigentlich immer gefährliche große Hunde? Und können es dann auch noch nicht mal lassen, darüber zu reden? Der Grosshund-Besitzer an sich hält sich oft für etwas Besseres, das muss ich leider feststellen.

Er neigt, besonders wenn ich jogge, zu merkwürdigen Sprüchen wie: „Der tut nichts, der will nur spielen!", und, er verschafft sich Respekt über seinen Hund. Übt rottweilerig zu gucken und sagt auf Anfrage: „Ein ganz lieber Familien-Hund, Sie glauben es nicht!" Unseligerweise bellen meine kleinen Damen dann so vor sich hin und geben die kläffenden Hündchen. Denn sie wiederum halten sich für Schäferhündinnen, wenn sie große Hunde sehen. Aber nie, wirklich niemals würde ich mir vorstellen, sie könnten einen Dobermann zum Abendbrot verspeisen. Wo soll das enden?

Leben und leben lassen ist das Motto von Kleinhund-Besitzern, die verhältnismäßig oft mit Plastiktüten spazieren gehen. Denn der Hund an sich hat auch Bedürfnisse. Ist ganz schön, wenn die vom Bürgersteig verschwinden. Auffällig oft bleiben die großen Geschäfte aber liegen. Ärgerlich, große Hunde, große Geschäfte. Ganz einfach, da braucht es große Tüten und vorher eine kleine Überlegung. Damit kein falscher Eindruck entsteht: Ich mag alle Hunde, wenn sie nicht beißen und auf „Fass! Arco!" dressiert sind. Allerdings mag ich nicht alle Hundebesitzer. Und wünsche so manchem Hund kein Hundeleben.

Bereits veröffentlichte Bücher mit Kurz-Geschichten über Männer, Hunde und das Leben:

„Herr Scholz ruft an…", Roman; Petra Nagel, (2019; Foto-Kreativ-Kassel;
ISBN 978-3-947427-99-4)

„Kasseler Notizen" (2005; Verlag für Literatur; Petra Nagel, Kassel; ISBN 3-00-017725-6)

„Zum Glück acht Pfoten" (2008; Verlag für Literatur; Petra Nagel, Kassel; ISBN 978-3-9812539-0-0)

„Appetit aufs Leben" (2007; Verlag für Literatur; Petra Nagel, Kassel; ISBN 978-3-00-022913-8)

„Mal Dir Kassel bunt", ein Ausmalbuch von Jörg Lantelmé, Olgierd Hierasimowicz und Petra Nagel (2017; Foto-Kreativ-Kassel; ISBN 978-3-947427-01-7)

CDs von Petra Nagel:

„Es war einmal…", auf den Spuren der Grimms. Märchen und mehr. (2004)

„Wartezimmer-Blues", ein Hörspaziergang durch den Alltag. (2006)

„Kassel – meine Stadt", ein ganz persönlicher Hörspaziergang durch Kassel. In deutscher und englischer Sprache. (2007)